KB079332

책갈피에서 약을 꺼내는 여자

# 책갈피에서 약을 꺼내는 여자

강성경 지음

미혼모라는 이름표를 달고
아픈 세월을 통과한 그녀가
마음이 아픈 사람에게 들려주는
토닥토닥 치유에세이

좋은땅

# 절벽 끝에 선다는 것

한 마리의 새가 '누가 알까 누가 볼까'를 살피며 몰래 절벽 아래 바위틈에 씨앗 하나를 심어 놓았습니다. 그 씨앗은 바위 틈에서 숨어 지내야 했습니다. 그리고 봄이 왔습니다.

허나 씨앗은 봄이 온 걸 모르는 것인지, 아니면 바깥세상 외출이 두려운 것인지, 그곳에서 나오질 않습니다. 여름이 되어서야 씨앗(아들이 7월에 태어남)은 아주 여린 싹을 틔우고 세상 밖으로 얼굴을 내밉니다.

내 삶의 엉킨 실타래를 어디서부터 어떻게 풀어야 할까? 오래도록 고민해 왔습니다. 사연 없는 사람 없고, 문제없는 사람 없다지요. 나의 삶도 그러합니다. 아니, 유독 문제도 사연도 많았던 게 나의 인생이었습니다.

그러나 출구가 보이지 않을 만큼 춥고 어둡던 내 인생에 한 줄기 따스한 빛이 스며들었습니다. 하늘로부터 오는 그 빛을 따라 동굴에서 걸어 나올 수 있었습니다. 하나님께선 추위에 떨고 있던 저를 당신의 품에 안아 주셨습니다. 얼음 같이 차가워진 제 마음을 당신의 따스한 손으로 녹여 주시고, 너덜너덜 상처 난 부위를 싸매 주셨습니다.

저의 보잘것없는 이 이야기는 하나님께서 나를 인도하시고 절벽 끝과 깊은 구덩이에서 나를 건져내신 그 분의 인도하심에 관한 이야기입니다.

세상이라는 삶의 무대에서 나에게는 다른 사람들보다 특별한 배역이 많이 주어졌습니다. 미혼모, 배우자 사별, 재혼과 이혼, 그리고 다시 재혼…. 이러한 나의 특별한 인생 이야기를 지금부터 풀어놓고자 합니다.

지금 누군가 삶의 끈을 놓고 싶어 절벽 끝 낭떠러지에 서있는 분이 계시다면, 내가 만난 하나님과 내 삶의 이야기가 그에게 가닿았으면 좋겠습니다. 그리고 나의 또 다른 이름인 그분에게 이렇게 말해 주고 싶습니다.

"나도 살았어요! 살다 보니 이 또한 지나가고, 그런대로 살아갈 이유와 명분이 생기더이다."

지금 내 삶이 절벽 끝에 매달려 있는 것 같은가요? 그건 하나님과 새롭게 만날 수 있는 시작점입니다. 저는 막막한 낭떠러지에서 살아야 할 이유를 찾아 주변으로 시선을 돌렸습니다. 그러자 절벽 아래 힘들게 뿌리 내린 앉은뱅이 소나무가 보이고, 그 틈에서 피어난 꽃이 보였습니다.

그때 하나님께선 쓰레기통에 버려졌던, 그리다 만 그림을 꺼내 다시 펴셨습니다. 그리고 새로 붓을 들어, 내 인생의 화폭에 감사의 채색을 입혀 가고 있습니다.

그리다가 잘못 그린 그림은 나도 버리고 세상 사람들도 쓸모없다 하지만, 그분의 손에 붙잡히면 걸작이 될 수 있습니다. 지금 절벽 끝에 있다면, 당신은 축복의 대기 순번 번호표를 손에 쥐고 당신의 시간을 기다리고 있는 것입니다. 그러니 우리 힘내어 보아요.

이 글을 쓸 수 있게 지지와 응원을 보내 준 남편 ○○○ 씨, 고마워요. 내가 평지를 걸을 때나 절벽 낭떠러지에 있을 때나, 변함없이 기도와 위로를 건네준 친정 식구들께 머리 숙여 감사드립니다. 아들들에게도 사랑과 신뢰를 보냅니다. 지난 6개월 여 기간 동안 함께 웃고 함께 울며 우정을 나눠 온 '이야기밥상' 가족들께도 감사의 인사를 건넵니다. 저를 이 자리로 인도해 준 이영미 선생님, 고마워요. 모두 사랑하고 축복합니다.

2023년 10월 중순 가을 숲을 걸으며

강성경 씀

# 저에게 어머니의 품을
# 내어 주셔서 감사합니다

나에게 넘치는 사랑과 지혜를 내어주신 분.

강성경 저자님은 내가 힘들어 할 때마다

위로를 건네주시고,

난로가 되어 주셨으며,

등받이가 되어 주셨습니다.

저에게는 언니이면서 어머니였습니다.

함께 해 주셔서 감사하고, 든든하게 생각합니다.

그런 언니가 귀한 책을 펴내서서 얼마나 좋은지요.

나의 일처럼 기뻐하며, 한껏 축하를 보냅니다.

최정순(이웃친구)

# 꿈을 향해 한걸음씩 내딛는
# 어머니를 응원합니다

처음 어머니를 뵈었을 땐, 한없이 여린 분인 줄 알았습니다. 그러나 한 가족이 되어 함께 지내다 보니, 어머니는 부드러우면서도 누구보다 강인하고 단단한 사람이라는 걸 알게 되었습니다.

늦게나마 꿈을 향해 한걸음씩 내딛는 어머니를 존경하고 응원합니다. 항상 따스한 미소와 다정한 말로 가족들을 대해 주시는 어머니. 그런 어머니가 나의 어머니가 되어 주셔서 감사합니다.

책 펴내신 것 축하드리며, 언제나 어머니의 꿈을 응원할게요.

가슴으로 낳은 어머니의 아들

# 목차

## 제1부
## 물에 빠짐

## 제2부
## 건짐

제4부

# 위로와 회복

제5부

# 통증을 지나 소통으로

제1부

# 물에 빠짐

나의 임신은 비밀입니다
쫄면 한 그릇
7월 14일
삶의 오르막길에 오르다
쉬면서 가자
오르막길에서는 숨이 차다

# 나의 임신은 비밀입니다

깊이 묻어두었던 기억의 항아리를 꺼냅니다. 항아리 속 깊은 곳에 손을 뻗치니, 바닥에 손이 닿질 않습니다. 몸을 기울여 있는 힘껏 손을 뻗치니, 가슴이 아파 오고 깨져 버린 기억들이 손끝에 잡힙니다.

1989년, 근무하던 사무실에서 그를 처음 보았습니다. 훤칠한 키(180cm), 가무잡잡한 피부, 쌍꺼풀이 져서 눈이 깊어 보이는 사람, 거래처 직원인 그는 말일이 되면 수금차 사무실에 들렀습니다. 그런 그가 어느 날 말을 겁니다.

"지금 무심천(청주) 벚꽃이 한창인데, 주말에 같이 갈래요?"

주말에 무심천에서 첫 만남이 이루어집니다. 근처 포장마차에서 그 사람의 지인들과 만나고, 술 한 모금 못 하는 나는 그냥 앉아 있었습니다. 그렇게 우리의 만남은 시작되었고, 어느 날 몸의 이상을 느껴 친구와 병원에 가니 임신이랍니다.

"나! 임신했어요."

내 말에 그는 담배 연기를 깊이 들이마시며 짧게 입을 엽니다.

"조금만 기다려 줘, 내가 정리할 게 있어서."

그때까지 그가 지금껏 혼자 살았다는 말의 뜻을 몰랐던 바보 같은 나. 만나면서 그 사람의 친구와 지인들에게 자연스럽게 소개를 시켜 주었기에, 나는 그에게 가족이 있을 거라곤 의심조차 하지 않았습니다.

점점 배는 불러오고 복대로도 감출 수 없었습니다. 5개월이 되어서 오빠와 올케언니에게 알리고 어머니께 말씀을 드리니, 어머니는 큰딸의 배신감에 몸을 떨며 통곡합니다. 한참 있다가 어머니는 말씀하십니다.

"뭐하는 사람이야! 집에 데려와 봐."

며칠 있다 그 사람이 우리 집을 방문하는 날, 거실에 상을 차려놓고 어머니는 방에서 나오질 않으십니다. 방문을 열고 들어가니, 손을 파르르 떨며 어머니는 문을 등지고 울고 계십니다. 나는 어머니께 말합니다.

"엄마, 그 사람 왔어."

부모님은 백년손님이 아닌, 딸의 남자로 인사를 받았습니다.

그 사람이 다녀간 후 어머니는 저에게 방에서 나오지 말라 합니다. 동네 사람들이 본다고. 하루 종일 나는 웅크리고 앉아 책 보는 것이 일이었습니다. 저녁이 되면 바람 쐬러 마당으로 잠깐 나갈 뿐입니다. 어머니는 가끔씩 방문을 열고 과일을 던져놓고 가십니다. 그런 생활이 한 달쯤 되었을까요? 배 속에서 아기가 움직입니다. 신기했고 겁도 났지만, 아기를 의지하게 됩니다.

어느 날 어머니는 하얀 봉투 하나를 내 앞에 내어놓습니다.

"100만 원이야! 이것 가지고 가서 아이 지워."

"엄마! 아이가 움직여, 미안해 엄마."

엄마도 나도 울었습니다.

그다음 날 병원에 간다고 100만 원을 가지고 나와 월세 방을 구하러 다녔습니다. 어디서 살지? 어디로 가지? 막막했습니다. 그 사람도 밉고 다 미웠습니다. 마냥 기다리라는 무책임한 그 사람, 부모님, 형제들도…. 그러나 나는 배 속의 아이와 살아야 했습니다.


버스를 타고 내린 곳이 진천이었습니다. 방을 구하러 여기저기 다니다 어느 집 대문에 종이로 써놓은 글이 눈에 들어옵니다. '월세 놓음!' 살았다 싶었고, 마음씨 좋은 집주인을 만나 감사했습니다. 가족들도 그 사람과도 연락을 끊고 아이와의 만남을 혼자 준비했습니다. 기저귀, 배냇저고리, 가재손수건 등등. 창피하다 부끄럽다 생각이 들만큼 마음에 여유도 없었습니다. 그러나 눈칫밥을 먹지 않아도 되니, 마음만은 편했습니다. 그리고 자연스레 호칭도 바뀝니다. 아가씨에서 새댁으로. 처음에는 낯설고 이상하게 들립니다. 그때부터 나의 이름은 새댁 아닌 새댁이 됩니다.

아기가 태어날 때까지.


교회 권사이신 주인아주머니를 따라서, 새벽기도에 나갔습니다. 그러면서 오랜 기간 잊어버리고 살았던 하나님 앞에 나는 무릎 꿇습니다.

# 쫄면 한 그릇

글을 쓴다는 것은 퐁, 퐁, 퐁, 솟는 작은 샘물과 같이 잘 써질 때가 있고, 어떤 때는 깊은 우물에 두레박으로 조금씩 길어 올려 채우듯이 써질 때가 있는 듯합니다. 때로는 혼자 길어 올림이 힘들어 한참을 두레박의 끈을 붙잡고 있으면, 이야기 밥상 선생님과 동료들이 두레박의 줄을 같이 끌어 올려주니, 퍼 올릴 수 있어 감사합니다. 오늘도 깊은 우물에서 두레박을 내려 기억의 작은 물을 담아 끌어올립니다.

진천에 자리를 잡고 방 한 칸에서의 삶이 다른 사람들 보기에는 초라해 보일 수도 있겠으나, 정작 나는 이 시간과 이 공간이 편하고 좋았습니다. 누구의 간섭도 없이 아이만 낳으면 되니까요.

집주인 권사님이 이렇게 저렇게 챙겨 주시고, 안쪽에 세 들어 살던 아주머니는 가끔씩 불러서 내가 좋아하는 토마토를 골라서 주십니다.

"배 속에 아기가 있을 때는 예쁜 거 먹어야 돼."

임신해서 그 소리를 아주머니로부터 처음 들었습니다.

'아, 맞아. 그때 그렇게 나를 챙겨 주고 보듬어 주었던 분들이 있었지.'

원망의 마음과 함께 어둡고 눅눅한 기억만 있는 줄 알았는데, 그게 아님을 문득 깨닫게 됩니다. 나의 상처와 아픔 속에만 갇혀 지내다 보니, 감사함도 모르고 살았습니다. 그분들께 지금이나마 인사합니다.

'고맙습니다. 저에게 사랑을 내어주서서 참 감사합니다.'


내가 다니던 산부인과 병원은 그 당시 청주버스터미널(현재 율량동으로 옮기기 전 사직동에 있었음) 근처 이관호산부인과였습니다. 그 의사 선생님은 나에게 고마우신 분입니다. 말로 상처를 주지 않았습니다. '왜 남편과 같이 오지 않느냐'고 한 번도 묻지 않으십니다. 갈 때마다 의사는 말합니다.

"어이구, 이 녀석 심장소리가 저번보다 더 힘차네."

그 선생님은 그렇게 용기를 주셨습니다.

그날도 산부인과 정기검진을 받기 위해 집을 나섭니다. 버스를 타고 가는 길에 매콤하고 쫄깃한 쫄면 한 그릇이 생각났습니다. 병원에서 나와서 터미널 쪽으로 가면서 오늘은 용기 내서 혼자 들어가서라도 쫄면하고 김밥 한 줄 먹어야지. 단단히 결심을 하고 조그만 분식집 문을 열고 들어갔습니다.

가게는 여자분 혼자서 꾸려 나가듯 보입니다. 서서 메뉴판을 보고 있는데, 분식가게 주인이 조심스레 묻습니다.

"너! 성자(학교에서 부르는 이름은 '성자'이고, 집에서 부르는 이름이 '성경'이었습니다.) 아니니? 나! ○○야. 모르겠어?"

중학교 동창이었습니다.

순간 마음에 당혹스러움이 밀려옵니다.

'응. 그래 맞아. 오래간만이다. 여기서 가게 하는지 몰랐네.'

어떻게 대답할까 머릿속이 복잡해집니다. 결혼했느냐고 묻거나 남편은 뭐하는 사람이냐고 물으면, 어떻게 하지? 나는 거짓말을 할 수도 없어 오래간만에 만난 동창생에게 말합니다.

"어쩌지? 버스시간 때문에 못 먹을 것 같아, 다음에 와서 먹을게."

그렇게 말하고 도망치듯 나왔습니다. 결국 쫄면은 먹지도 못하고, 진천으로 가는 버스에 몸을 싣고 와야만 했습니다.

　　　　　　　　　　　　책갈피에서 악을 꺼내는 여자

쫄면 한 그릇을 깊은 우물에서 두레박으로 건져 올린, 봄비가 내리는 오늘. 나는 점심으로 따뜻한 국수가 아닌 33년 전 못 먹고 뒤돌아서야만 했던, 매콤하고 쫄깃하며 콩나물이 아삭하게 씹히는, 그 쫄면을 먹기로 합니다.

# 7월 14일

미명의 시간에 일어나서 머그컵에 커피가루가 닿는 그 순간의 커피향기는 내 온몸의 세포들을 흔들어 깨웁니다. 오늘 비가 오는 이 새벽에 커피는 다른 때보다 더 진하게 코끝으로 전해집니다. 커피의 쌉싸름한 맛이 혀끝과 만나는 순간 "아! 참 좋다! 그리고 오늘을 허락하신 하나님 감사합니다." 나의 혼잣말이 기도가 되는 새벽 이 시간이 나는 참 좋습니다.

1991년 7월 14일 일요일, 새벽 5시부터 진통이 시작됩니다. 전날 서울에서 건축사무실에 다니던 여동생이 와 있어서 진통이 시작된 나를 보고 당황하여 어쩌지 못하고 있는 동생에게 부탁합니다.

"따뜻하게 물 좀 데워 줘. 씻어야겠어."

머리를 감고 샤워를 한 후 동생과 함께 병원 갈 준비를 합니다. 아기속싸개, 배냇저고리, 기저귀 등등 필요한 물건을 싸놓고 간간히 아파 오는 배를 안고 누워 신음합니다. 만삭의 몸으로 새벽 기도를 빠지지 않고 다니면서 기도했습니다.

"하나님, 건강한 아들을 주세요. 그러면 하나님께 기쁨을 드리는 아들로 키워 볼게요. 그리고 저의 작은 키(158㎝)는 닮지 않게 해 주세요."

예배시간에 찬양할 때마다 나의 배 안에서 힘차게 발길질 하며 놀던 아이가 세상으로 나오려고 힘든 싸움을 합니다.

아침이 되면서 동생의 연락으로 어머니가 오시고, 택시를 타고 청주 이관호산부인과로 갑니다. 여자는 해산의 고통을 겪으면서 친정엄마가 가장 먼저 생각난다고들 합니다. 나 역시 진통을 겪으면서 어머니를 보니, 여러 가지 감정이 올라옵니다. 줄기를 잡고 뽑으니, 주렁주렁 매달린 원망, 분노, 외로움이라는 부정적 감정들이 뽑혀 올라옵니다. 그 빈자리에 친정어머니에 대한 감사함과 미안함의 감정들을 다시 심습니다.

아들은 오후 3시 22분 4.3㎏의 건강한 모습으로 세상 밖으로 나왔습니다. 아들을 품에 안고 흘리는 엄마의 눈물은 통곡이었습니다. 나는 아들을 보는 순간, 이렇게 예쁘고 잘생긴 아이가 정말 내 배 속에서 나왔을까? 신기하고 의심이 들 정도였습니다. 아주 의젓하고 똘똘해 보이는 모습이었습니다.

저녁으로 미역국과 밥이 담겨진 작은 쟁반이 들어오는 것을 보면서, 나는 정신을 잃었습니다. 얼마의 시간이 흘렀을까? 눈을 떠 보니, 옆에 와 계신 의사선생님이 말씀하십니다. 아이의 머리가 다른 아이들보다 커서 수술해야 하나 갈등하셨다고. 아마 의사 선생님은 나의 처지를 먼저 생각하신 게 아니었을까 싶습니다. 선생님은 아들의 머리를 쓰다듬으며 말씀하십니다.

"이 녀석 잘 키우세요! 머리가 좋을 거예요."

그리고 병실 문을 나가십니다.


아들을 낳은 이틀 뒤 장마철 장대비가 쏟아지는 빗길을 친정어머니와 택시를 타고 집으로 오면서, 어머니는 품에 안은 외손자에게 한숨 섞인 작은 목소리로 말씀하십니다. "아가, 미안하다."

진천에 도착하여 좁은 골목길엔 택시가 들어가지 못해 큰길에 세우고 어머니는 나에게 우산을 건네며 천천히 오라고 하십니다. 그런 뒤 어머닌 조금의 비도 용납하지 않을 듯한 기세로 아기를 야무지게 싸서 가슴으로 깊이 안고 뛰십니다.

그날부터 친정엄마와 나는 한편이 되어, 세상으로부터 날아오는 모든 풍파와 맞서서 싸우기 시작합니다.


며칠이 되면 아들 생일이 다가옵니다. 아들에게 지난주 다녀갈 때 올해 생일은 집에서 가족끼리 미역국이라도 먹자고 하니, 며칠 전 전화로 내년에 결혼할 여자 친구를 가족들(외할머니, 외삼촌내외)에게 정식으로 인사를 드리고, 생일 밥도 같이 하자고 합니다.

아들과 결혼할 여자는 캠퍼스 커플로 만나 10년 동안 사랑을 이어 가며, 현재는 교직에 몸담고 있는 착하고 예쁜 마음을 가진 아가씨입니다.

그 두 사람이 내년 6월 15일 결혼을 합니다.

## 삶의 오르막길에 오르다

하나님은 왜! 이렇게까지 나를 사랑하십니까? 요즘 나의 고백입니다. 그리고 저 끝에서 감사함이라는 암반수가 끌어올려집니다. 감사의 고백은 완벽함에서 오는 것이 아닌, 작은 틈사이로 새어나오는 삶의 호흡임을 깨달아 알아갑니다.

사방에서 숨이 막힐 듯 답답함이 나를 옥죄여 올 때, 저 끝에서 불어오는 골목바람이 켜켜이 쌓인 내 안의 답답함이라는 먼지를 조금씩 조금씩 날려 보내 줍니다. 그렇게 감사의 고백이 마음속에 층층이 쌓여 행복의 지층이 높아집니다.

아들이 태어나자 모든 것이 변하기 시작합니다. 우동 공장에 다니신 어머니는 퇴근 후 집으로 가지 않으시고, 삼성에서 버스를 타고 진천으로 오십니다. 안 그래도 흰머리가 늘어가는 어머니의 머리와 스웨터엔 하얀 밀가루가 내려앉아 흡사

눈사람 같습니다. 그 옷차림으로 버스를 타고 오시는 동안 어머니는 손주를 만날 마음에 창피함도 부끄러움도 없으셨다고 합니다. 오시는 길은 설렘, 가시는 길은 눈물로 어머니의 마음에 또 하나에 통점이 생깁니다.

어머니께서 진천으로 오시는 걸 못마땅하게 생각하시는 아버지와 어머니의 갈등은 점점 심해져 갑니다. 잦은 싸움에 폭언을 일삼는 아버지를 아랑곳하지 않고 오셨던 어머니, 속울음에 멍든 가슴으로 우리 모자를 껴안고 사셨음이 이제야 보이고 조금은 알게 됩니다.


아들이 태어나고 얼마 되지 않아 아이의 아빠가 드문드문 다녀가기 시작했습니다. 친정어머니를 피해 낮 시간에 들렀다가 가는 날들이 이어지던 어느 날, 아버지께서 우리 세 식구를 집으로 부르셨습니다. 버스를 타고 친정집에 발을 들여놓는 순간, 아버지는 아이 아빠를 향하여 말씀하십니다.

"딸년 신세 망친 거는 제 좋아서 그런 거니까 할 수 없다 치고, 아이 출생신고는 어떻게 할 셈인가?"

멱살을 잡으신 아버지를 향해 아무 말도 못 하고 서있는 그 사람 앞에서 나 또한 아무 말도 못 하고 눈물만 흘리며 있었습니다. 어머니는 아이를 안고 밖으로 나가셨습니다. 얼마쯤 시간이 지나서 아이의 아빠는 아버지께 "죄송합니다. 조금만 기다려 주세요." 말을 하고 집을 나섰습니다. 그리고 한참의 시간이 흐른 뒤 어느 날 집에 와서 무겁게 입을 엽니다.

"어머니께서 당신과 아기를 보자고 하서."

그 말에 나는 무엇인가 일이 제대로 잡혀 가나 보다 싶었습니다. 일주일쯤 지난 토요일, 아이 할머니를 청주버스터미널 안에 있는 ○○○다방에서 만났습니다. 그분이 아이를 보고 입을 떼셨습니다.

"참으로 씨도둑 질은 못 한다더니, 어쩜 제 아비 아기 때 얼굴을 쏙 빼닮았다냐!"

그리고 다시 자리에 앉아 말씀을 하십니다.

"미한허네. 내가 자식 농사를 잘못 지었어. 나는 밖에서 아이를 낳았다고 해서 어디 술집이나 다니는 아가씨인가 했는데, 이렇게 여염집 규수인 줄 몰랐네. 이놈이 자식이 둘이 있어. 즈 마누라는 이혼한다고 지금 야단이고."

그리고 내 손을 잡고 거듭 미안하다 하십니다. 그 말에 나는 어떤 생각도 할 수가 없었고, 아이를 데리고 밖으로 뛰어나왔습니다. 그 사람은 말합니다.

책갈피에서 약을 꺼내는 여자

"나 이렇게는 못 보내. 일단 이야기나 좀 하자."

차를 타고 우암산 근처 식당으로 들어갔습니다. 밥은 먹어야지 되지 않느냐는 사람에게 "밥은 됐구요, 이제 우리 여기서 끝내요. 여태껏 속이느라 고생 많으셨네. 나는 아이랑 그냥 둘이 살 거니까, 당신은 가정 지켜."

내 말에 그는 가방에서 등산용 낫을 꺼내더니, '차라리 여기서 셋이 다 죽자'며 휘두릅니다. 나는 무서워 아이를 안고 "알았어요! 알았어요!" 진정을 시키고, 아이를 데리고 친구가 있는 이천으로 도망가 일 년 가까이 살았습니다.

어떻게 알았는지, 어느 날 아이 아빠가 찾으러 왔습니다. 그때부터 세 식구가 아닌 다섯 식구가 살게 되었습니다. 그리고 아이 아빠의 전처 자식들과 함께 나는 삶의 오르막길을 올라가기 시작합니다.

# 쉬면서 가자

어제 저녁 식탁에 올려놓았던 노트북을 열고 글을 쓰려
자판을 펼치는 순간 문득 떠오르는 생각들.

내게 글쓰기란
100m 달리기 선수가
짧은 호흡으로 온몸의 근육만을 사용해
전력질주 하는 것.

마라톤 선수가
다른 사람보다 더 빠른 시간에
완주에 목적을 두고
자기와의 극한 싸움으로 지치듯 쓰는 것도 아닌,
나의 글쓰기는

산책하듯 발걸음 내딛는 것.


가다가 힘들면
지나가는 바람 붙잡고 함께 바위에 걸터앉아 쉬고
그림책 넘기듯 나무를 보고
혹여 앉은뱅이 꽃 내게 봐 달라 손짓하면
책장을 넘기지 말고
잠시 멈추어 같이 앉아 보자.


이런 생각을 하니
글을 쓴다는 마음의 부담이 덜어집니다.


마음의 고단함이 쉼을 얻으니,
나 자신과의 화해가 일어납니다.


나와의 화해를 통해
나를 더 들여다보게 되고,
나 자신에게 격의가 없다하여
셀 수 없는 무례함을

스스로에게 범했음을 발견하게 됩니다.
다른 사람이 내게 무례히 대하는 것에는
참을 수 없는 분노를 느끼는 반면,
나 자신에 대해 숱한 무례함을 범하는
나에 대해서는 무지했음을 이제야 발견합니다.

요즘엔 내가 스스로 매듭을 지어 힘들었던 관계들을
하나씩 찾아 그 매듭을 풀어가는 중입니다.
이야기밥상에서 나의 삶을 처음으로 드러낸
그날은 평생에 잊을 수 없는 날이 되었고,
손가락질받았던 인생의 사연이
처음으로 박수가 되어 돌아온 그날이
나는 참으로 감사합니다.
그리고 이야기밥상의 가족들이 감사합니다.

# 오르막길에서는 숨이 차다

    인생의 실을 뽑아 손뜨개로 겨울의 시간을 뜹니다. 그러다 추워 보이지 않는 깊숙한 곳을 찾아 그것을 밀어 넣었습니다. '다시는 꺼내지 않을 거야' 마음으로 맹세하고 제법 긴 세월 쳐다보지도 않았습니다.

    어느 날, 오랜 세월 삭아질 대로 삭아진 그 실 조각을 발견합니다. 그리곤 나의 손에 그것을 쥐고 혹여 부스러질까 조바심을 내며 한 올씩 풀어나가는 중입니다. 혹독한 겨울 지나는 동안 꽁꽁 얼어붙은 마음을 녹여 줄 봄을 기다립니다. 가끔은 시샘하는 꽃샘바람이 일지만, 지금 나는 봄 길을 걷고 있습니다.

    청주 수동(지금은 수암골 벽화마을로 불림) 안채에 방이 두 칸 바깥채에 방 두 칸이 있는 꼭대기 집에서 5식구가 살게 되었습니다. 안채의 방 두 칸은 아들의 누나와 형이 각각 쓰고, 바깥채 넓은 방 하나에서는 아이와 남편까지 셋이서 사용했습니다. 아들의 누나는 고등학교 1학년, 형은 중학교 2학년, 그리고 세 살 아들, 그렇게 우리는 가족이라는 단위로 묶여 살게 됩니다.

그래도 다행인 것은 아이들의 천성이 순하고 착했습니다. 비뚤어진 행동이 나와서 힘들게 하는 것은 아이들만의 잘못이라고 생각하지는 않습니다. 아들의 큰누나는 가출하는 것이 습관처럼 되어 있는 반면, 형은 아들에게 잘 대해 주었습니다. 아무것도 모르고 살았던 나는 엉겁결에 종갓집 맏며느리가 되었습니다. 아랫동서라는 사람들은 나보다 나이가 위였으나, 나를 깍듯이 대해 주었습니다. 친정에서 제사상 차리는 것을 보지 못하고 자란 나는 하나하나가 힘들고 고달팠습니다.

제삿날이 되면 식혜를 담글 줄 몰라 친정어머니께 물어봅니다. 하루 종일 식혜 하나 만들어 놓고 나면, 아랫동서들이 와서 이것저것 준비합니다. 나는 뒤에서 물끄러미 서 있거나 설거지를 하는 것이 나의 일입니다. 둘째 동서라는 사람이 말을 합니다.

"잘 봐 두세요. 다음부터는 형님이 하셔야 할 일이에요."

형님이라는 소리도 낯설고, 술을 무척 좋아하는 남편도 낯설고, 모든 것이 낯설기만 했습니다. 특히 일주일에 6일은 술로 지내는 남편은 술병이 나서 일어나지도 못하고 일도 하지 못했습니다. 이전에 수금하러 오는 것 또한 선배 회사에서 가끔씩 도와주었다는 것을 나중에야 알게 됩니다.

후회하며 신세한탄을 하고 있을 처지가 아니었습니다. 아이와 어떻게든 살아야겠다는 생각이 앞섰습니다. 지역신문을 통해 직장을 알아보았습니다. 용암동 속셈학원에 취직을 하게 됩니다. 아들은 유치부에 넣으면 하루 종일 함께 할 수 있어서 좋았습니다.

새벽부터 일어나 아들의 형을 밥해서 먹이고 도시락을 싸줘서 보내는 일은 만만치 않은 아침 일과였습니다. 세탁기가 없어 손빨래를 해서 입히는 것도 쉽지 않았습니다. 빨래를 해서 널고 아이와 출근 준비를 해서 학원차가 오는 시간에 맞춰 꼭대기에서 아이를 안고 뛰기 시작합니다. 그러는 나와 아이를 보고 동네 어르신들이 나누는 뒷담화가 내 귀에 들립니다.

"젊은데 왜 저러고 살아"

"누군데?"

"저 꼭대기 누구누구 색시잖아."

어르신들은 매일 반복 되는 광경에 같은 말을 하는 게 지루하지도 않나 봅니다.

가출한 딸이 집으로 돌아온 며칠 후, 그 아이는 친구랑 함께 자도 되느냐고 내게 묻습니다. 자라고 하고 함께 마실 주스를 주고 나는 방으로 들어와 곤한 잠을 자고 있는데, 자정쯤 되어서 들어온 그 사람이 묻습니다.

"○○ 안 들어왔어?"

"아뇨. 친구 데려와서 지금 자요."

"방에 없는데?"

그러면서 남편은 내게 비수 같은 말을 내뱉습니다.

"네 자식 아니라서 신경 안 쓰니?"

참담함이 가슴 밑에서 올라옵니다. '아! 나는 살아야 할 이유가 없구나.' TV에 올려져 있던 유리컵을 깨서 왼쪽의 손목을 두 번 그었습니다. 붉은 피가 이불과 방바닥으로 퍼졌습니다.

병원에 가자는 그 사람의 말에 '냅둬요! 신경도 쓰지 말고, 내 몸에 손끝하나 건드리지 마!'라고 쏘아붙입니다. 그때 방문 앞에 놀라 서 있는 아들의 누나가 보입니다. 사람의 생명은 내 맘대로 할 수가 없나 봅니다. 그때부터 내 마음은 질기고 독한 잡초가 되어 갑니다. 흰 속옷을 찢어 상처를 묶고 그다음 날 아침 똑같은 하루의 일과를 시작합니다. 긴팔 옷에 가려진 상처로 출근을 하고 통증이 심해 점심시간에 학원 아래에 있는 약국에 들렀습니다. 동여맨 상처를 보여 주고 '너무 아파서 일을 할 수가 없어요.' 상처를 본 약사가 놀라며 말합니다.

"빨리 병원 가서서 꿰매야 해요."

"아뇨! 그냥 지금 먹을 수 있는 약과 바르는 것 주세요. 너무 아파서요."

약사가 준 약을 가지고 학원으로 돌아와 화장실에서 소독하고, 약을 발라 붕대로 감았습니다. 혹시나 원장이나 다른 사람들이 보면 이 직장도 못 다닐까 봐 겁이 났습니다. 그다음 날 통증은 더 심해져 학원에 며칠 못 나가겠다고 전화를 했습니다. 하루 지나 오전에 큰 다라이에 물을 받아 이불 빨래를 하려고 발로 밟고 있는데, 학원 원장과 조리선생이 와서 나의 사는 모습을 보고 입을 다물지 못합니다.

"선생님! 이렇게 사는 줄 정말 몰랐네, 미안해요."

나의 삶이 민낯으로 노출된 것이 부끄럽고 창피했습니다. 며칠 쉬고 월요일에 출근하라며 돌아가는 두 사람의 뒷모습을 바라보면서, 나 자신이 더욱 초라하게 느껴졌고 그런 내

처지가 원망스러웠습니다.

　그리고 며칠 뒤 아들의 누나는 또 집을 나갔고, 그 아이를 찾아 마음의 오르막길을 숨차게 걷기 시작합니다.

# 모든 것이 막혔을 때

지금까지 나와 아들이 가는 길목엔 늘 친정어머니가 계셨습니다. 큰 개울물을 만나 어쩌지 못한 채 울고 있을 때, 어머니는 나를 가슴에 품고 당신의 가슴을 찢어 금식하며 늘 울부짖는 기도를 하셨습니다. 그렇게 어머니는 당신의 진액을 뽑아 디딤돌을 놓아 주셨습니다. 뒤돌아보니 그 디딤돌이 징검다리가 되고 길이 되었습니다. 어머니의 눈물의 기도는 하늘 비상곳간에 비축해 놓는 양식이며, 사방이 가로막힌 어둠 가운데 갇힌 자식이 세상으로 나올 수 있는 비상구가 되어 주었습니다.

아들을 데리고 직장에 다녔습니다. 월급날이 되면 손이 바쁩니다. 동네아래 구멍가게에 들러 아주머니께 아기 아빠 외상으로 먹은 막걸리 값을 주고, 아들의 형 용돈과 필요한 물

책갈피에서 약을 꺼내는 여자

품을 사 주고 나면, 수중에 남는 게 없습니다. 어느 날 아들의 손을 잡고 가게 앞을 지나가면서 "아가! 사탕 사 줄까?" 물었더니, 아이가 "엄마! 돈 없잖아." 동그란 눈으로 나를 빤히 바라보면서 말합니다. 아들 형 도시락 싸주고 네 식구 한 달 생활을 꾸리다 보면, 쌀항아리도 자주 허기가 집니다.

어느 날 쌀이 떨어져 작은 봉지쌀을 사러 내려갔습니다. 집 가까운 가게를 놔두고 한참 떨어진 가게에서 쌀을 사서, 옷자락으로 가린 채 오르막길을 걸어올라 갑니다.

'하나님! 저를 여기서 벗어나게 해 주세요. 그리고 저를 기억해 주세요.'

나의 작은 기도와 신음에도 응답하시는 하나님이라는 것을 훗날 알게 됩니다. 사람들은 말하지요 '왜! 저러고 살아.', 산다는 것은 살아야 하니까 살아지는 것도 있습니다. 매년 사월 초파일이 되면 아들의 할머니는 구인사에서 연등을 가져와 식구 이름을 써서 마루입구에 달아 놓습니다. 연등을 바로 볼 수가 없어 고개를 옆으로 돌려 외면하고 다녔습니다. 아들 할머니가 무서워 연등을 떼지도 못한 채 말이죠.

아이 아빠는 자동차 카세트테이프로 반야심경을 틀고 다닙니다. 나의 영혼은 메말라 갑니다. 하지만 나는 순간순간

가냘픈 호흡으로 하나님께 기도합니다. 이것이 그나마 내가
살아갈 수 있는 생명줄이 되어 주었습니다.

# 아들이 안 보여요

새벽 2시. 아직 밖은 검은 옷을 벗을 기미조차 보이지 않습니다. 답답한 마음을 떨치려 만두(반려견)를 데리고 밖으로 나왔습니다. 밖에 나와 검은 옷에 가로등으로 단추를 달아 그 빛을 벗 삼아 걸었습니다. 오히려 마음이 차분해집니다. 나는 인적이 드문 시간을 틈타 집 가까운 체육공원에 있는 풋볼장에 데리고 가서 뛰어 놀게 합니다. 강아지와 함께 공놀이를 하고 집으로 돌아오는 길, 제거되지 않은 잡초들에 가려져 보이지 않는 디딤돌을 보게 됩니다. 어두운 길 풀숲 위로 얼기설기 놓인 디딤돌을 조심조심 한 발씩 내딛으며 돌아보니, 풀숲 안 징검다리였습니다.

아들의 누나가 가출을 한 뒤 며칠째. 아이의 아빠는 딸을 찾느라, 아침부터 밤늦은 시간까지 동분서주 합니다. 얼마의 시간이 흘렀을까요. 밤늦은 시각에 전화벨이 울립니다. 아빠가 받으면 아무 말 없이 끊는 날이 며칠간 지속됩니다. 어느 날 아이 아빠는 자정이 넘도록 들어오지 않습니다. 아들을 재워 놓고 TV를 보고 있는데, 전화벨이 울립니다. 받으니 아무 소리가 없습니다. 아들의 누나라는 걸 알아차렸고, 연극의 독백처럼 대답 없는 전화기 너머로 말합니다.

"○○니? 지금 아빠 안 계셔. 아빠 무서워 지금 집에 못 들어오는 것이면, 언제라도 들어와. 집 문은 너 올 때까지 항상 열어 놓을 거니까."

대답 대신 수화기 내려놓는 소리만 들립니다. 그리고 얼마 뒤 애들 작은엄마에게서 다급한 전화가 옵니다.

"○○동에서 ○○를 봤대요. 큰아빠한테는 말하지 말고 같이 가 봐요."

전화를 끊고 아이를 챙겨 애들 작은엄마를 만나 택시를 타고 ○○동으로 갔습니다. 아이를 등에 업은 나는 그 근방 ○○에서 봤다 하는 곳을 애들 작은엄마와 뒤지기 시작합니다. 마침 어느 가게에 들어가 여자 사장에게 ○○ 혹시 여기 있느냐고 물으니, 여자의 표정이 달라지면서 묻습니다.

"누구신데 찾아요?"

애들 작은엄마가 나를 가리키며 '그 아이의 엄마'라고 하니 믿지를 않습니다. 믿지 않는 것은 이상한 일도, 기분 상할 일도 아닙니다. 나와 아들의 누나는 13살밖에 나이 차이가 나지 않으니까요. 어디 있느냐 채근하고 있는데, 계단에서 내려오는 똑똑똑 구두소리가 납니다. 그 아이였습니다. 우리를 보고 당황하는 기색이 역력했고, 뒤돌아 도망가는 것을 애들 작은엄마가 붙잡았습니다.

나는 아들을 안은 채 이 상황을 어찌해야 할지 몰라, 우두커니 서 있었습니다. 실랑이 끝에 테이블에 앉아서 이야기합니다. 집에 가자고 하니, 아빠가 무서워 못 간다 합니다. 애들 작은엄마는 테이블에 놓여 있는 커다란 유리 재떨이를 손에서 들었다 놨다 여러 번 하더니, 더 이상 할 말이 없는지 뒤로 빠집니다. 나는 '네가 집에 들어오고 싶을 때, 언제든 들어오라'고 타이른 뒤 우리는 나와야 했습니다.

아침부터 늦은 오후가 되도록 물 한 모금 마시지 못하고 정신 나간 사람처럼 있으니, 애들 작은엄마가 말합니다.

"이러다 병나요. 이거라도 먹고 우리 밥 먹읍시다." 하며 청심환을 건네줍니다. 그것을 받아 손에 쥐고 작은 식당으로 들어갔습니다. 식당에 들어가 앉아 약을 먹고 뭘 먹을까 메뉴를 고르는데, 갑자기 식당 밖 도로에서 쿵 하는 소리와 함께 아이의 우는 소리가 들려옵니다. 식당 안을 살피니, 함께 있어야 할 아이가 없습니다.

# 아들이 다쳤어요

2023년 7월 마지막 주말, 내 생일을 맞아 가족들이 모였습니다. 남편은 지금까지 매년 내 생일에 미역국을 자신의 손으로 직접 끓여 어머니를 갖다 드리거나 집으로 모셔와 함께합니다.

올해도 어김없이 어머니를 모시고 왔습니다. 얼마 전부터 허리에 디스크협착증으로 인한 고통이 이만저만이 아니어서 나가서 간단하게 사 먹자고 했지만, 미역국은 끓여야 한다며 남편은 고집을 내려놓지 않습니다. 결국 남편이 끓여 준 미역국을 먹긴 했지만, 마음은 편치 않습니다. 앉아 있는 아들을 보며 '허리에 웬 상처냐.' 묻는 할머니를 향하여 '어릴 적 다쳐서요.' 대수롭지 않은 듯 말합니다.

아들의 누나를 만나러 가지 않았다면, 아이가 다치지 않았을까요? 식당에 들르지 않고 곧장 집으로 갔다면, 아이는 무사했을까요? 식당에 있어야할 아이를 찾으니 보이지 않습니다. 밖에서 아이 우는 소리가 들려 신발도 못 신고 뛰어 나가보니, 택시가 서 있고 아이는 땅바닥에 앉아 울고 있습니다. 아이를 안고 사고 낸 택시를 타고 리라병원(현재 청주성모병원)으로 갔습니다. 아이의 사고 소식을 듣고 사색이 돼서 달려온 아이 아빠는 아들 안 보고 뭐했느냐며 울고 있는 나를 보고 화를 냅니다.

아이는 다리뼈가 골절되어 뼈를 맞추는 통증을 견디지 못해 자지러집니다. 그 아이 우는 소리를 듣고 있는 어미의 고통을 뭐라 표현해야 할까요. 며칠 후 아들을 집에서 가까운 일반정형외과로 옮기고, 아들의 형을 학교에 보내기 위해 6시에 병원에서 나와 밥을 하고 도시락을 싸서 등교시켰습니다. 그러고는 부지런히 걸어서 아들이 있는 병원에 도착했습니다.

병원 현관문을 열고 들어가니, '아기 아침 주사 맞혔어요. 그런데 어쩜 울지도 안고 혼자서 그렇게 잘 있어요.' 호의를 갖고 내게 달려와 아들의 상황을 일러 주는 간호사의 말에 나는 웃지도 대답도 하지 않고 아이에게 뛰어갑니다. 혼인신고니 아이의 출생신고니 생각하며 살아갈 여유도 없이 하루하루 그렇게 살았습니다.

다시금 계절이 바뀌면서 겨울이 찾아옵니다. 겨울은 없는 사람들에게는 참으로 가혹한 계절입니다. 없는 형편에 겨울나기 준비 중 제일 큰 것은 연탄을 들여놓는 일입니다. 누구도 도와주는 사람은 없고, 혼자서 감당해야 했습니다. 뼈아픈 현실을 절감하던 무렵, 마침 걸려온 어머니의 전화 한통은 우리 가족에게 생명수 같았습니다.

"성경아! 너 식당 할 수 있겠니? 회사 구내식당이라는데, 방 두 개에 회사에서 기름은 넣어 준다는구나. 그럼 따뜻하게 살며 기름 걱정 안 해도 되잖아. 네가 한다면 엄마가 맨 처음 들어가는 밑천을 마련해 주마."

이것저것 잴 것도 따질 것도 없었습니다. 아들이 감기를 달고 사는 것보다는 나을 테니까요. 1995년 11월 8일 어느 구내식당과 매점을 하게 되었습니다. 처음에는 많은 양의 식사를 준비하는 것이 어려웠지만, 아기 아빠가 거들어 주어서 그리 힘들다는 생각은 하지 않았습니다. 그렇게 한 해가 지났습니다.

1996년 1월 7일, 그 전날 충북 지역에 눈이 많이 와서 도로

곳곳이 빙판이었습니다. 아이 아빠는 청주에서 조기축구 모임이 있다고 아들의 형과 함께 아침 7시쯤 집에서 나섰습니다. 그날은 인생에서 가장 뼈아픈 날이며 잊을 수 없는 날이 됩니다. 회사에서 비상근무를 하는 직원들의 밥을 해 주고 정리하는데, 방 안에서 전화벨이 요란하게 울립니다. 뛰어가서 받으니, 전화너머 여자의 목소리가 들립니다.

"○○ 씨 댁 맞나요? 여기 리라병원이에요."

"네, 맞는데 왜 그러시죠?"

즉답 대신 잠깐 침묵이 흐른다.

"사고가 났어요. ○○ 씨는 사고현장에서 돌아가시고, 아드님은 살아서 응급실에 있습니다."

# 그 사람을 보내고

그 사람을 땅에 묻고 온 날

그 사람의 모든 것을 함께 묻고 와야만 합니다.

실신하여 마지막 모습조차 보지 못하여

그 사람의 얼굴도 생각나지 않아요.

그 사람을 내놓으라고 관을 부여잡고 몸부림치며

어떻게 어떻게 이렇게 떠날 수가 있어

날더러 어떡하라고

아우성치며 가는 길을 막아 보았지만

그 사람은 그렇게 갔습니다.


늦은 밤 나 왔어! 문 열어! 그 사람의 목소리가 들려

맨발로 뛰어가 문 열어 보면, 아무도 없는 텅 빈 밤공기

몇날 며칠을 속울음으로 시간을 보내던 어느 날

밤이 깊은 시간 휘영청 밝은 달이 창문으로 들어오고
아들의 잠자는 모습이 눈에 들어옵니다.
내가 이렇게 살면 안 되지.
이 아이를 위해서라도 다시 하나님 앞에 나가자
마음의 주먹을 쥐고 발을 내딛습니다.

# 나의 아버지

나의 아버지는 1932년에 태어나셨습니다. 일찍이 가족의 사랑을 받지 못해 사랑을 알지 못하고, 알지 못하니 사랑하지도 사랑받지도 못한 채 하늘나라로 가셨습니다. 그래서 아버지 이름 석 자만 불러도 가슴이 찌르르 아파 옵니다.

아버지는 하나님을 진정으로 만나신 후에야, 당신이 어머니에게 행했던 모든 언행들이 짐승만도 못했다는 것을 깨달았습니다. 하나님과의 인격적 만남이 이루어진 이후 아버지는 사람들과 말하고 대화하는 것보다 성경 말씀을 가까이하셨습니다. 찬송가를 첫 장부터 끝장까지 부르시는 것이 아니라, 성경 말씀 읽듯이 그렇게 찬송가도 읽으셨습니다. 살아생전 가장 좋아하셨던 찬송가는 '주여 지난밤 내 꿈에'와 '지금까지 지내온 것'입니다.

아버지는 할아버지를 일찍 여의고 할머니와 사셨습니다. 11살에 할머니는 어린 아들을 두고 몰래 재취로 들어가셨습니다. 그곳에서 할머니는 아버지의 이복형제인 3형제를 낳으셨습니다. 아버지는 할머니가 돌아가시기 전까지 마음의 용서를 하지 못했습니다. 할머니를 떠나보내시고 나서야 회한을 가지셨습니다.

아버지는 일평생 당신의 마음을 돌아보지 못했습니다. 가난이 한이 되어 병약한 몸으로 기어 다니며 땅을 일구셨다는 아버지. 어머니는 병약한 아버지를 위해 몸에 좋다는 것은 택시를 타고 다니면서 백방으로 약을 구해다 날랐습니다. 나는 어릴 적 어머니가 가족들의 식기와 수저를 늘 삶으신 이유를 몰랐습니다. 성장한 후에야 아버지가 결핵으로 고생하셨다는 것을 알게 되었습니다.

그런 어머니를 아버지는 왜 그렇게 폭언과 폭행을 하셨을까? 그 의문은 지금도 가시지 않습니다. 아버지는 참으로 손재주가 남달랐습니다. 무엇이든 뚝딱뚝딱 망치질 몇 번이면 새로운 것이 만들어졌으니까요. 가끔 막내 이모님께서 어머니와 대화하는 것을 옆에서 들은 적이 있습니다.

"언니! 형부는 시대를 잘못 타고 나신 것 같아."

이모의 말마따나 아버지의 손재주는 타고 나신 것 같습니다. 학교도 다닌 적 없으신 아버지가 글을 읽고 쓸 수 있었던 것은 아버지께서 어릴 적 머슴으로 있던 집에서 주인어른이 아들에게 공부 가르치는 것을 엿듣고 아궁이에 군불을 때면서 부지깽이로 써 가면서 글을 읽히셨다고 합니다.

당신의 고생으로도 부족해 자식인 나로 인해 하루도 맘 편히 계시지 못했던 아버지. 내가 천식으로 오랫동안 고생을 할 때, 아버지는 그런 나를 위해 10년 동안 가마솥에 도라지, 배, 민들레 등 여러 가지 약재를 넣어 밤새도록 고아서 내가 살고 있는 집까지 오토바이로 날라다 주셨습니다. 그런 아버지께 죄송하여 눈치만 보고 죄송하다는 말만 하였습니다. 딸이 힘들게 사는 것을 보는 아버지는 고통이셨고, 사위는 미움덩어리였습니다. 아버지는 늘 아이 아빠를 못마땅하게 여기셨습니다. 남편과 같이 밥 먹는 것조차 싫어하셨습니다. 식사를 몇 수저 들지 않으시고, 이내 숟가락을 내려놓으며 "에이." 한마디 하시고는 안방으로 들어가십니다.

남편은 그런 장인어른이 무서워 늘 눈치를 보았습니다. 아버지는 남편에게 따뜻한 말을 건네신 적이 없었습니다. 아버지는 2010년 4월 초 어느 날 고추장을 만들 고춧가루를 빻으러 경운기를 끌고 나오시다가, 집 앞에서 경운기가 뒤집히는 사고를 입었습니다. 이 사고로 대퇴부가 골절되어 두 번의 수술을 받으셨습니다. 병원에 계시는 동안 우리 가족이 병문안 갔을 때의 일입니다 남편은 아버지에게 가까이 가지 못하고 문 앞에 서 있었고, 그런 남편을 향해 아버지는 가까이 오라며 힘겹게 손짓을 합니다. 남편은 천천히 걸어 침대 옆으로 다가섰습니다. 아버지는 말씀하십니다.

"내가 미안해, 나를 용서하게나."

아버지의 그 말씀에 남편은 참 많이 울었습니다. 그리고 어머니에게도 당신이 짐승이었다고, 내가 몰라서 그랬다며 용서해 달라고 하셨다 합니다. 어머니는 요즘 들어 가끔 아버지에 대한 이야기가 나오면, 내게 말씀하십니다.

"느 아버지가 그 커다란 손을 비비며 나한테 미안해! 용서해 달라고 했을 때, 왜 내가 느 아버지를 향해 쓸데없는 소리 말라고 그랬을까? 내가 지금 그것이 후회가 돼."


2010년 6월 22일. 나의 아버지 강재원 집사님은 이 세상에 계시는 동안 하늘 아버지의 사랑만 받다가 그렇게 하늘나라로 가셨습니다. 그 아버지가 지금 너무 그립고 보고 싶어 고백합니다.

　'아버지! 조금만 더 사셨더라면, 제가 이렇게 환하게 웃는 모습을 보여드렸을 텐데요. 그리고 저로 인하여 늘 무거웠던 마음을 조금이라도 덜고 가셨을 텐데요. 볼 수 없고 들을 수 없는 아버지에게 오늘 늦은 사랑 고백합니다.

　아버지! 사랑해요.'

# 하나님, 하나님, 하나님

새벽에 하나님께 부르짖었습니다.

기도가 뭔지도 어떻게 하는지도 모른 채

소리치며 울었어요.

하나님, 그 사람 왜 데려갔어요?

다음 날 또 그다음 날도 나는

하나님께 울며 묻고 또 물었어요.

하나님 그 사람 왜 데려가셨어요?

하나님은 살아 계신다면서요.

왜 아무 말도 하지 않으세요?

똑같은 말 똑같은 투정에도 하나님은 침묵

그다음 날에도 새벽이면 또 교회를 가요

그러던 어느 날 여느 때랑 다름없이

똑같이 무릎 꿇고 하나님께 물으며

엎드려 울고 있는 나에게

하나님은 드디어 말씀하셨습니다.

나의 물음에 직답은 안 하시고

가슴 저 밑에서 끌어올려지듯 말씀하십니다.

내가 너를 사랑한다.

내가 너를 사랑한다.

내가 너를 사랑한다.

그분의 음성에 나의 마음은

평안과 이유 모를 기쁨이 솟아났습니다.

그렇게 나는 생애 처음으로 하나님을 만났습니다.

제3부

광 야 훈 련

# 두 번째 사람을 만나다

내 나이 28세. 아이 아빠가 죽고 나서 얼마 안 돼 아이의 호적 문제로 집안이 시끄러워집니다. 호적을 친정아버지 앞으로 올리느냐, 오빠한테 올리느냐, 내가 없는 자리에서 많은 말들이 오갔습니다. 심지어 어머니가 다니시는 교회 목사님께 올리자는 말까지 나오고, 그 말이 내 귀에까지 들려옵니다.

나는 누구한테도 올리고 싶지 않았습니다. 그러나 떳떳하게 나한테 올린다고 말을 할 수 없는, 쉽지 않은 문제입니다. 그렇게 아이는 점점 자라나 7살이 됩니다. 그 해 아이의 진학 문제로 호적 이야기가 또 한 번 거론됩니다.

어머니께 아이의 호적 문제에 대해서 단호하게 말했습니다.

"누구에게도 내 아들 호적 올리지 않을 거예요! 나한테 올리든지 그것이 안 되면 정말 세상 아무도 모르게 깨끗한 호적으로 올릴 거예요."

어느 날입니다. 식당에 늘 식사하러 오던 손님 중에서 한 분이 사별하고 혼자 사는 친구가 있는데, 신앙이 아주 돈독하다며 내게 소개시켜도 되냐며 저와 어머니께 말을 합니다. 어찌 됐든 이혼이 아닌 사별을 했다는 것과 아이도 없다는 것 그리고 하나님에 대해 열심이 있는 사람이라는 것이 저의 마음을 움직였습니다.

그리고 얼마 되지 않아 그 사람을 식당에서 만나게 되었습니다. 사람은 선하고 착한 듯 보였지만, 제 마음은 그 사람을 향하여 얼음장같이 차가웠습니다. 계속되는 그 사람의 구애에도 내 마음이 점점 차가워지는 건 어쩔 수 없었습니다. 내가 워낙 싫어하니, 그 사람도 어느 순간 연락을 끊고 찾아오는 일도 없어졌습니다.

어느 날 몸에 이상이 느껴져 병원에 갔습니다. 자궁을 적출해야 한다는 의사 선생님의 말에, 나의 모든 것이 무너지는 듯했습니다. 참으로 세상과 내가 싫어졌습니다. 무엇 때문에 내 인생은 이렇게 고달프고 아플까? 어느 것 하나 순조로운 것이 없습니다. 교회에 다니며 기도해도 나의 인생은 점점 빠져나올 수 없는 요셉의 깊은 구덩이와 같다는 생각이 들었습니다.

　1년이라는 시간이 흘렀습니다. 그동안 연락이 없었던 그 사람에게서 어느 날 전화가 왔습니다. 그 한통의 전화가 나와 아들의 커다란 아픔이 될 줄은 그때는 미처 몰랐습니다. 그 사람을 다시 만나게 되면서 솔직히 털어 놓았습니다. 나는 더 이상 아이를 낳지도 못하고, 당신과 잘 살아갈 자신도 없다고. 그런데 자기는 아이가 없어도 된답니다. 만약 나만 괜찮으면 내 아들을 자기 자식으로 여기며 살 테니, 결혼하자고 합니다. 머잖아 아들이 초등학교 입학을 해야 하는데, 어쩌면 이 사람을 하나님이 보내 주셨구나 하는 생각이 들어 그 사람과 결혼하기로 마음먹었습니다.

　아이를 호적에 올리려면 혼인신고부터 해야 한답니다. 1997년 나는 그와 혼인신고를 하고 아들의 출생신고를 하게 되었습니다. 입양이 아닌 나의 아들로 그 사람의 아들로 일곱 살이 되어서야 대한민국의 일원이 된 것입니다. 그동안 존재했으나 법률상으로 존재하지 않은 아들로 살아왔는데, 이제 비로소 세상에 완전한 존재가 되었습니다.

　그 사람이 고마웠고 그 사람이 감사하기까지 했습니다. 혼인신고에 이어 그해 11월, 나는 그 사람과 결혼식을 올리고 살기 시작했습니다.

# 나는 왜 그럴까?

사람이 자신의 본모습을 드러내는 데는 많은 시간이 필요하지 않습니다. 그리고 포장된 모습 안에서 진짜 그 사람의 모습이 보인다고 해도 그걸 감당하는 것은 오롯이 나의 몫입니다.

그 사람과 결혼하고 얼마 되지 않아서입니다. 새벽에 기도를 마치고 방문을 열고 들어가니, 나를 보며 독하게 쏘아 붙입니다.

"뭐라고 기도하고 왔냐? 나 빨리 죽으라고 기도했냐? 나도 남의 자식 키워 봤자 칼 × 맞기 딱 좋지!"

기가 막혀 할 말을 잃은 채 밖으로 나와 식당으로 들어갑니다. 떨리는 가슴을 누르며 직원들 아침 준비를 합니다. 누가 억지 결혼시킨 것도 아니고 내가 선택한 것이기에, 누구 원망도 못 하고 기도만 합니다.

'나는 왜! 그럴까? 내 인생은 왜 이렇지!'

생각을 곱씹을수록 답은 없고, 나 자신을 구렁텅이로 집어넣는 그러한 시간이었습니다. 나와 아들을 힘들게 할수록 하나님께 처절하게 기도와 간구를 할 뿐입니다. 내가 없을 때, 어린 아들은 그에게 고스란히 언어폭력과 물리적 폭행을 감당해야 했습니다. 예수님께서 "그러므로 너희는 뱀같이 지혜롭고 비둘기같이 순결하라"(마10:16) 그 말씀을 왜 하셨는지, 비로소 알 듯도 합니다. 그때는 무지해서 신중함도 분별력도 없이, 그저 지혜 없는 삶을 살았습니다. 어느 날 딸과 함께 사는 옆집의 최 집사님이 말합니다.

"집사님! 아들 혼자 집에 두지 마세요. ○○ 아빠가 많이 때려."

그 순간 이 말밖에 할 수가 없었을까요?

"집사님! 나한테 좋은 말 아니면 하지 마세요. 그래서 어떻게 하라고요? 그럼 이혼해요?"

엄마의 무지함과 자존심이 내 아이를 폭력 안으로 들이민 격이 되었습니다. 말없이 기도만 하면 모든 것이 좋은 것으로 바뀌는 줄 알았습니다. 그리고 나중에 알았습니다. 내 깊은 곳에 그 사람을 인정하지 않고 무시하는 시선이 있었다는 것을요. 교회에서는 봉사 열심히 하는 부부로 철저히 가면을 쓰고, 집에서는 하나님 없는 괴물로 살아갔습니다. 내 안에 쌓인 악독과 분노가 그 사람의 입술에서 나오는 욕설과 막말에 나의 마음이 괴물이 되는 그러한 시간으로 보냈던 것입니다 아들은 온갖 상처로 멍들고 곪기 시작합니다. 차라리 아들을 나한테 올리고 둘이 살 걸 후회되고 후회되는 시간입니다.

# 내 안에 숨어 있던

　사람들은 말합니다. 내가 나를 잘 안다고. 정말 그럴까요? 나 자신이 어떤 사람인지, 어떤 존재인지 과연 알 수 있을까요? 나를 보고 엄마는 어렸을 때부터 너는 착하니까, 너는 언니니까, 너는 동생이니까 늘 그렇게 말씀하셨습니다. 그러다 보니 나는 할 말 못 하고 사는 것이 착한 것이고, 오빠니까 깍듯해야 하고, 동생이니까 무조건 양보해야 하는 것이 나답게 사는 것으로 생각했습니다. 이것이 숨겨진 나의 마그마입니다.

　환경이 사람을 변하게 한다고 말들을 합니다. 나는 변한 것이 아니라, 내 안에 숨어 있던 것들이 나오는 것이라 생각합니다. 내가 어릴 적 병약하셨던 아버지는 당신의 생각대로 몸이 따라 주지 않자, 그 답답하고 화나는 마음을 어머니에게 갖은 욕설과 폭력을 행사하는 것으로 풀었습니다. 어머니를 방안 이리저리 끌고 다니며 어머니를 때리는 것을 내 눈으로 봐야 했고, 그런 어머니를 보호해 드릴 수 없었던 나는 아버지가 정말 미웠습니다. 그런 날이면 내 방 뒤쪽에 있는 소 외양간으로 가서 소를 보며 혼잣말을 합니다.

'너는 좋겠다! 저런 아버지 없어서. 나는 아버지가 죽고 없었으면 좋겠어.'

큰 눈으로 나를 멀뚱멀뚱 바라보고 있는 소에게 말을 하곤 했습니다. 그런데 죽도록 미워했던 아버지의 막말하는 모습이 남편에게서 나오고 보이기 시작합니다. 처음에 나를 만나고 소개를 받았을 때는 모태신앙이며 40일 금식을 하고 내려와서 얼마 있지 않아 나를 소개를 받았기 때문에, 하나님의 응답이라고 했던 사람입니다.

그러나 머잖아 자기의 숨겨져 있던 모습들이 나오기 시작했고, 그가 음주와 가무를 참으로 좋아하는 사람이라는 것을 결혼 후에야 알았습니다. 결혼 전 섬기던 교회 목사님이 그분과 결혼 안 하고 신학을 하면 어떻겠냐며 말씀하셨습니다. 무던히 결혼을 말리셨는데, 결혼 후에야 알게 되었습니다.

결혼하고 얼마 있지 않아 회사와 식당이 재계약이 되지 않아, 식당을 그만두고 아버지께서 마련해 주신 시골 동네로 들어와서 살게 되었습니다. 시골이다 보니 어디 갈 곳도 없고 운전도 못 했던 터라, 집에서 말씀 보고 기도하는 것이 온종일 나에게 주어진 일과였습니다.

설상가상으로 결혼 후 얼마 있지 않아 IMF 외환위기가 오면서 화물운송을 하던 남편은 화물차 할부를 갚지 못해 압류되면서, 철저히 하나님을 바라보는 훈련이 시작됩니다. 남편 또한 일이 뜻대로 되지 않으니, 술 마시는 일이 많아졌습니다. 음주하고 귀가한 날이면, 밤이 새도록 나에게 욕을 합니다. 아버지가 어머니에게 했던 그 행동들이 고스란히 그에 의해 나에게 재현됩니다. 내 안에 흐르던 마그마가 용암의 분출로 이어집니다.

"당신이 우리 모자에게 해 준 것이 뭐가 있다고 이 지랄이야! 술 먹고 들어왔으면 곱게 잠이나 자든지. 무식한 거 티 내지 말고 있어 인간아!"

끝내 내 안에 쌓여 있던 분노가 터지고 맙니다. 그리고 일어나서 누워있는 그 사람의 머리채를 잡아 흔들고 죽일 듯 싸웁니다. 이것은 내가 그토록 미워했던 아버지가 어머니에게 행했던 그 모습이 내가 되어 싸우는 것과 같았습니다. 악한 이 모습을 가지고 나는 하나님 앞에 나아갑니다.

"하나님! 저에게 이런 짐승 같은 모습이 있었는지 몰랐습니다. 하나님! 나를 불쌍히 여기시고 긍휼을 베푸소서! 나 어떻게 합니까?"

# 숨겨진 내 모습과 마주하다

'성경이는 착해서 그래.'

정말 내가 착할까? 그래서 마땅히 화를 내야 하는데 참고 아무 말도 하지 않는 것일까요? 아니요. 착하다는 가면을 벗어야 진정한 나를 만나고, 가면 안에 가려져 있던 나와 친해지는 것입니다. 다른 사람의 말에 NO라고 말할 줄 모르는 사람. 내가 그랬습니다. 단호하게 내 생각과 주장을 펼 줄 모르고 거절 못 하는 사람. 그 사람이 바로 나였습니다.

부부싸움은 정말 칼로 물 베기일까요? 우리 부부는 시간이 갈수록 접점 없는 평행선으로 향했습니다. 교회 가서 기도하면 후회와 죄책감으로 마음이 힘들어집니다. 남편의 갖은 욕설과 세 치 혀는 아들을 향해 양날의 칼을 세워 아이의 마음을 난도질합니다. 그것을 보면서 참지 못하고 죽일 듯 달려드는 내 모습에선 사랑이라는 것을 찾아볼 수 없었습니다. 어머니에게 폭행을 일삼았던 아버지의 모습이 내 모습이 되었고, 그러한 내 모습을 보면서 자괴감에 나는 괴로웠습니다.

남편은 매사에 불평불만이 많았습니다. 원망과 분노로 마음은 돌덩이처럼 단단했으며, 교회만 열심을 내며 다녔습니다. 술만 마시면 나에게 갖은 욕을 다 했지만, 교회에서는 차량운행 봉사를 하며 웃어른들에게 예의 바르고 깍듯한 교회 집사로서의 삶을 충실히 해냈습니다. 남편의 어떤 모습이 진짜일까? 따뜻한 저 모습이 진짜일까? 집에서 하는 행동이 진짜일까? 교회 안에서의 행동과 교회 밖에서의 행동이 너무 다른 탓에, 싸울 때마다 "당신의 위선적이고 거짓된 모습이 진저리가 쳐져." 고함지르며 싸웠습니다.

그는 술을 마시고 취해서 들어오는 날이면, "너란 ×하고는 못살아. 너희 모자끼리 잘 살아 봐." 그렇게 갖은 악담과 욕설을 해댔습니다. 그리고 다음 날 주일이 되면, 교회에서는 세상 그런 사람이 없습니다. 다정한 남편, 다정한 아빠로 행동했습니다.

나는 어쩌다 밖에서 또 다른 사람들이 안 좋은 이야기를 하면, 색안경을 쓰고 보는 것이 아닌가 하여 이사를 몇 번씩이나 했습니다. 그리고 혹시 내가 진심을 갖고 사랑으로 이 사람을 대하면, 그 사랑이 아이에게 전해지지 않을까? 하나님 앞에 울며 기도했습니다.

"하나님! 제가 육신의 사랑이 아닌 남편의 영혼까지 사랑할 수 있는 그런 마음을 제게 주세요."

이것은 남편과 사는 동안 기도 제목이었습니다. 남편은 다른 사람들에게 말합니다. 모질고 독한 년이라고. 그리고 내 별칭은 순이라고 붙였습니다. 순 악질에서 악질을 빼고 '순'이라고 부른 것입니다

# 40일 작정기도 하세요

살아가면서 이런 일 저런 일을 겪게 되니, 상대방의 삶과 인생이 보이기 시작합니다. 그리고 어느 순간 나의 의지와는 상관없이 하나님의 사랑을 체휼(아픔과 슬픔을 공유하며 불쌍히 여기는 마음)하게 하십니다. 정말 밉고 싫었는데, 남편이 불쌍하고 측은하게 보입니다. 남편은 일이 생기면 일단 도망치고 보자는 식이고, 해결은 남아있는 사람의 몫입니다.

친정과 가까이 살다 보니, 남편의 이야기가 사람들의 입방아에 오르기 일쑤입니다. 가까이 사는 오빠와 올케언니에게는 낯을 보기가 민망하고 미안하기 그지없습니다. 술에 취하면 온 동네가 시끄러워집니다. 차를 타고 양쪽의 문을 열어놓은 채 음악을 크게 틀어놓고, 목소리 높여 노래를 부르는 것입니다. 작은 면 소재지에서 소문은 금방 퍼집니다. 옛말 중에

떡 보따리는 줄어도 말 보따리는 늘어난다는 말이 있습니다.

마음이 고달파질수록 나는 더욱 하나님을 의지하고 기도합니다. 철야기도며 새벽기도를 빠지지 않고 다니던 어느 날 목사님께서 말씀하십니다.

"집사님! 40일 작정기도를 하시면 어떨까요?"

그래서 40일 새벽 작정기도를 시작했습니다. 작정기도 기간에 남편은 하루도 술을 거르는 일 없이 일주일에 6일은 음주 귀가를 합니다. 작정기도 30일이 지났건만, 어떤 변화나 어떤 일도 생기지 않았습니다. '목사님은 왜! 40일 작정기도를 하라고 하셨을까?' 의심과 마음의 지침이 함께 옵니다. 그래도 목사님이 하라고 했으니 순종하자는 마음으로 기도를 이어 갑니다. 작정기도 38일 되는 날 금요 기도회를 마치고 집에 오니, 남편은 흙투성이가 된 옷을 입은 채 잠이 들어 있고, 입에서는 술 냄새가 진동합니다.

옷을 대충 벗기고 남편의 얼굴을 보니, 측은하고 불쌍한 마음이 듭니다. 새벽이 되니, 남편은 뒤척일 때마다 고통스럽게 신음소리를 냅니다. 깨워서 물어보니, 사고가 나서 도망쳐 집으로 왔다고 말을 합니다. 아침 일찍 준비하고 병원 응급실로 데려가서 이것저것 검사를 했습니다. 갈비뼈 4대가 골절되었다는 진단이 나왔습니다. 망연자실해 있는 나에게 남편이 말합니다.

"처남댁에 부탁해서 ○○공업사에 차가 있으니, 차 안에 있는 물건 가져와."

나는 올케언니에게 부탁해서 자동차가 있는 공업사에 갑니다. 도착해서 차를 보고 주저앉았습니다. 올케언니는 차를 보고 말합니다.

"고모부 죽지 않고 살아 있는 게 기적이네."

차는 운전석 쪽으로 꺾여 ㄱ자 모양이 돼 있었습니다. 어떻게 나왔을까? 눈으로 보고 있어도 믿어지지 않습니다. 그 순간 번뜩 생각이 납니다.

'아! 이것 때문에 하나님께서 기도를 시키셨구나!'


사고 자초지종을 남편에게서 들었습니다. 술 먹고 운전하고 오다가 전봇대에 운전석 쪽을 들이받혀 3~4m 되는 높이에서 굴러 논으로 떨어졌다 합니다. 그 정신에도 경찰이 오면 면허가 취소되겠구나 싶어 도망하려니, 문이 열리지 않아 뒷좌석 문을 열고 나왔답니다. 그리고 공업사에 전화해서 견인해 가라고 하고, 집으로 택시를 타고 왔답니다.

나중에 들은 이야기에 따르면, 경찰이 이렇게 사고 났으면 병원으로 실려 갔다고 판단해 근방에 있는 병원을 모두 찾아 다녔다고 합니다. 이것을 다행이라고 해야 할까요? 어찌 됐든 면허증도 살고 남편도 살았으니 말입니다.

하나님은 우리의 작은 신음에도 들으시고 응답하심을 알게 된 40일의 작정기도였습니다.

# 내가 잘났다고

요즘 나는 사계절이 있고 계절의 변화를 알고 느낄 수 있는 우리나라에 살고 있는 것이 참 고맙습니다. 계절이 변화하는 그곳에도 자연의 배려가 있음을 느낍니다. 예고 없이 훅 들어오는 것이 아닌 천천히 스며듭니다. 봄에는 여름이 높새바람으로 스며들고, 가을도 여름에게 천천히 스며듭니다.

처서라는 절기는 요술 방망이가 되어 조석으로 시원한 바람과 밤이슬이 한낮의 열기로 목마른 곡식에 목을 축여 갈증을 없애 줍니다. 겨울도 가을의 계절에 천천히 스며들어 자기 자리가 확실해질 때, 제대로 자기 성격을 드러냅니다. 계절 깡패는 없고, 배려가 있음을 새삼 깨닫습니다. 이렇듯 천천히 스미는 계절의 변화 앞에 선 나도 이제는 조급함에서 벗어나 천천히 스며드는 그런 사람이 되기를 소망합니다.

나는 고집이 센 여자입니다. 누군가가 나에게 옳은 말을 해 줘도 다시금 내 방식으로 생각하고 정리합니다. 그리고 지나고 보면 다시 그 자리에 돌아가 있는 제 모습을 봅니다. 그런 쓸데없는 고집으로 살았으니, 주위에 있는 사람들이 마음의 상처를 입었겠구나! 뒤늦은 후회를 합니다.

　소통 없는 삶은 사람이 옆에 올 수 없는 가시울타리를 치는 것과 같습니다. 나는 삶의 고난을 통하여 사람과의 관계는 철저히 배제하고, 하나님만 계시면 된다는 생각으로 한동안 살았습니다. 사람에게서 받은 상처는 사람으로부터 마음이 도망가게 합니다. 사람들과 말하고 소통하는 자리를 멀리한 채 혼자 집을 짓고 사는 달팽이처럼 혼자 있는 것이 더 편안합니다.

　그렇게 점점 더 높이 가시울타리를 삶에서 쌓아 갑니다. 나는 남편이 힘들게 할수록 더 기도하고, 교회 봉사에 전념했고, 주일이 되면 더욱 바빠집니다. 교회학교 교사, 성가대, 식당 봉사, 주일 저녁 예배 후 중보기도 모임…. 그렇게 나는 집과 교회밖에 몰랐고, 다른 세상 밖에 있는 사람들과는 철저히 단절된 생활을 해 왔습니다. 이 또한 하나님 중심으로 산다는 나의 착각 속에서 나 자신의 상처와 아픔이 우상이 되었습니다. 나보다 불행한 사람은 없을 것이라는 자기 연민에 빠져 살았습니다.

나는 남편이 퇴원한 후 얼마 있지 않아 우리 가족을 모르는 낯선 곳에서 다시 시작해 보자는 마음으로 동생이 있는 인천으로 이사를 했습니다. 처음에는 우리 가족에 대해 아는 사람이 없다고 생각하니 편안했습니다. 인천에서의 삶은 탄탄대로 꽃길만 걸을 것 같은 마음이었습니다. 한데 주일 아침이 되면 예배를 드려야 된다는 생각에 마음이 불편해지기 시작합니다.

우리 가족은 집에서 가까운 상가건물 1층에 있는 평강감리교회에서 예배를 드렸습니다. 그곳에서 지금까지 진짜라고 믿었던 예배 생활이 잘못되었다는 것을 이용희 목사님의 설교와 말씀 공부를 통하여 알게 되었습니다. 예배가 끝나고 일찍 집으로 가는 것이 이상하고 낯설었습니다. 목사님은 말씀하십니다. 주일은 일하러 오는 것이 아니고, 예배를 통하여 쉼을 얻는 것이며, 말씀으로 충만해져서 일주일을 살아가는 것이라고.

줄곧 교회를 다녔지만, 그렇게 말을 해 주는 사람을 만나지 못했습니다. 그냥 교회 봉사하고 예배드리고 기도하는 것이 교회 생활의 전부인 것처럼 나는 그렇게 생각했고 믿었습니다. 새벽기도가 나의 의가 되고, 봉사하는 것이 다른 사람들을 판단하는 판단의 기준이 되었습니다. 교회에서의 칭찬이 내가 나를 교만의 자리에 오르게 했고, 남편과 아들을 숨 막히게 했습니다.

남편은 하는 일마다 실패입니다. 옛말에 '되는 놈은 넘어져도 떡함지에 빠지고, 안 되는 놈은 뒤로 넘어져도 코가 깨진다.'라는 말이 있습니다. 남편이 딱 그 경우 같았습니다. 뒤로 자빠져도 코가 깨지는 사람. 남편은 실패가 거듭될수록 세상을 향한 원망과 상실감이 더욱 커졌습니다. 교회를 다니면 뭐 하냐며 술 마시면 하지 말아야 할 소리까지 합니다. 나는 이것저것 안 되니 식품 유통업을 하자고 했고, 남편은 영업을 잘해서 그럭저럭 유지해 나갔습니다.

그러던 어느 토요일, 우리 가족은 조카를 데리고 친정집에 내려가자고 약속이 된 날입니다. 그런데 그날 새벽 꺼림직하게 꾼 꿈이 머리에서 떠나지 않습니다. 꿈에 커다란 운동장 같은 곳에서 하얀 옷을 입은 여자 네 명이 동서남북으로 한 명씩 서서 꽃꽂이를 하는 것이 보였고, 나는 문 앞에 서서 '아직 준비되지 않았는데.' 마음으로 생각하며 서 있는 내 모습을 보고 꿈에서 깨어났습니다.

도대체 이 꿈은 무얼 얘기하는 거지? 해석이 되지 않아 답답했습니다. 그러다가 주일 아침에 그 꿈이 무엇인지 알게 되었습니다.

# 채워지지 않는 영원한 탈모

목포를 향해 고속도로를 달립니다. 들녘이 노랗게 물들어 가고 감나무에 감들이 노랗게 익어 가고 있는 풍경이 차창 밖으로 보입니다. 어젯밤 달이 다녀가더니, 달빛으로 밤새 노랗게 물들이고 달은 쉬러 들어갔나 봅니다.

수금한 현금이 고스란히 남편에게 있습니다. 월요일에 물건값을 줘야 하니 쓰면 안 된다고 남편에게 신신당부합니다. 내가 갖고 있겠다고 하면 나를 못 믿느냐며 화내고 소리부터 지르니, 억지 춘향으로 맡길 수밖에 없습니다. 혹시나 해서 남편의 신발을 감추고 잠이 들었습니다. 새벽 2시 눈이 떠져 옆자리를 보니 남편이 없습니다. 아침 7시가 되어서 술이 만취가 되어서 몸을 휘청거리며 들어오니, 친정 부모님 얼굴을 뵐 수가 없습니다. 아들과 조카의 옷을 입히고 인천으로 올라

간다고 친정집을 나서서 동네 큰길로 나왔습니다. 남편이 언제 왔는지 차를 끌고 나와서 옆에 천천히 세우며 타라고 합니다. 나는 양손에 아이들의 손을 잡고 남편에게 말합니다.

"죽으려면 혼자 죽어, 왜 애먼 우리까지 죽이려고⋯."

그 말에 남편이 '××년' 욕을 합니다. 욕을 듣는 순간 나는 내려져 있는 창문을 붙잡고 따지듯 반응합니다. "지금 뭐라고 그랬어?"

순간 남편은 가속페달을 밟았고, 나는 도로에 머리를 부딪혀 정신을 잃고 쓰러졌습니다. 깨어 보니 청주리라병원에서 다친 머리를 꿰매고 있는 상태입니다. 머리를 다치고 나니 구토가 시작됩니다. 그리고 말없이 서 있는 오빠의 모습이 눈에 들어옵니다. 병원에서 집이 인천이면 그곳 가까운 데서 입원을 권유합니다. 인천으로 올라와 기독병원에 재입원을 합니다. 의사가 꿰맨 머리를 보더니 다시 꿰매야 한답니다. 머리를 다시 꿰매고 입원시켜 놓고 남편은 가 버립니다.

병실에 혼자 남겨진 나의 모습이 초라하고 처량하게 느껴집니다. 어느 정도 잠을 잤을까? 머리가 깨질 듯 아파 잠을 잘 수가 없습니다. 신음하다 옆에 있는 환자들에게 누가 될까 봐 조용히 링거 거치대를 끌고 조용히 병실로 나와 복도를 오가며 주기도문을 속으로 외며 걷습니다. 근무하는 간호사가 말합니다.

"왜! 안 주무셔요?"

"머리가 너무 아파서요, 잠을 못 자겠어요."

"그럼 진통제 놔 드릴까요?"

"아뇨, 그냥 참아 볼게요."

그리고 계속 복도를 오가며 주기도문을 외며 기도하다 병실로 들어와 잠을 청합니다. 하나님께서 진통제 없이도 잘 수 있는 평안으로 나를 인도합니다. 내 머리 오른 쪽에는 지금도 동전만 한 탈모 자국이 남아 있습니다.


보름 정도의 병원 생활을 마치고 나는 퇴원을 합니다. 그리고 한 달이 지났을 때쯤, 집으로 날아온 카드 명세서를 훑어보다 시선이 멈췄습니다. 내가 병원에 입원해서 머리 아파 잠도 못 자고 복도를 오갈 때, 남편은 주점에서 노래를 부르고 있었습니다. 순간 "이 사람이 인간이야!" 화가 끓어오릅니다.

늦은 저녁 시간 남편이 여느 때와 다름없이 만취가 되어서 들어옵니다. 현관문에 들어서는 남편을 향하여 카드를 집어 던지고 더 신나게 더 많이 쓰고 오라고 악을 쓰며 남편을 밀

쳤습니다. 남편이 벽에 머리를 부딪히며 힘없이 주저앉아 말합니다.

"나, 당신 머리 다치게 해서 벌받나 봐. 이상해."

화가 나니 처음엔 그 사람의 말과 행동이 쇼하는 것 같아 무시했습니다. 한데 아무래도 남편의 행동이 이상합니다. 부리나케 남편에게 다가가 머리를 만져 보니, 뒤통수가 풍선에 물 찬 듯이 부어오르고 있었습니다. 병원에 가자고 하니 막무가내로 가지 않는다고 억지를 부립니다. 방에서 꼼짝하지 않고 있는 아들을 불러 남편을 거실로 데리고 들어왔습니다. 순간 생각나고 의지할 곳은 하나님밖에 없었습니다. 아들에게 기도하자고 하고 나의 손을 남편 머리에 얹고 아들 손도 나의 손에 얹어 기도를 시작합니다. 그 순간 내 입에선 전혀 뜻밖의 말이 튀어나옵니다.

"하나님! 저를 용서해 주세요. 남편을 더 사랑하지 못하고, 용서하지 못했습니다. 하나님! 저의 잘못을 용서하소서!"

순간 부풀어 있던 남편의 머리가 내 손바닥에서 작아지고 있음을 느낍니다.

그렇게 나는 다듬어져 갑니다. 지금도….

# 당신이 믿는 하나님 나는 안 믿어

　가을비가 추적추적 내리는 저녁입니다. 퇴근길 분주해진 자동차 바퀴 아래로 여름이 갈아져 녹아내립니다. 녹은 여름은 하얀 머리를 풀고 산으로 올라갑니다. 가을비엔 색깔이 있습니다. 가을비가 지나고 난 자리에는 나뭇잎이 노랗고 빨갛게 조금씩 물들어 가고 있습니다. 떨어진 나뭇잎을 보니, 바람이 색칠하다 구멍을 냈나 봅니다. 구멍 난 나뭇잎 사이로 가을이 보입니다.

　아들은 수능이 끝나고 예배를 멀리하기 시작합니다. 아들은 그동안 교회에 출석하면서 보지 않아도 될 것을, 겪지 않아도 될 것을 너무 많이 보고 겪었습니다. 어려서는 할머니가 다니시던 교회에서 목사님을 끌어내고 교회 예배당에 못질해서 들어가지도 못하게 하는 것을 보았고, 중학교 때는 예배가 끝나면 조직폭력배들의 싸움을 방불케 하는 목사파와 장로파가 나뉘어져서 싸우고 누군가의 신고를 받고 경찰들이 교회로 오는 광경을 목격합니다. 남편은 목사님을 지킨다는 명목 아래 절대 하지 말아야 할 말들을 서슴없이 해대고, 나 또한 그러한 교회에서의 일들에 염증을 느낍니다. 하물며 어린 아들의 눈에 비친 교회에 모습은 하나님 없는 사람들이 모이는 집단처럼 보였을 것입니다.

아들이 대학교 입학을 얼마 남겨 놓지 않은 2월 어느 토요일입니다. 저녁 시간 아들이 담배를 피우는 것에 남편의 잔소리가 시작됩니다. 교회 다니면서 담배를 피우냐는 남편의 말에 아들이 남편을 매섭게 쳐다보며 말합니다.

"교회 안 가면 되잖아요."

그 말에 남편의 언성이 높아지고 서로 간에 말다툼이 일어납니다. 가운데서 나는 둘의 싸움을 말릴 수가 없어서, 한쪽에 서 있습니다. 아들의 편을 들 수도 남편의 편을 들 수도 없는, 큰 항아리들 틈에 있는 작은 약탕기 같은 그런 존재가 되어 나는 서 있습니다. 아들이 남편을 향해 소리를 높여 한마디를 하고 현관문을 박차고 나갑니다.

책갈피에서 약을 꺼내는 여자

"나는! 당신이 믿는 하나님 안 믿어! 그러니깐 교회 안 가도 되는 거잖아."

그리고 아들은 집을 나가 다음 날 새벽이 되어도 들어오지 않습니다. 나는 아들 방을 오가며 뜬눈으로 새웁니다. 아들이 나가고 없는 밤 남편은 잠도 잘 오나 봅니다.

# 나는 책갈피에서 약을 꺼냅니다

마음에 생채기가 생기면, 나는 슬그머니 책 한 권을 들고 방으로 들어갑니다. 그리고 입은 닫고 책을 엽니다. 책은 감정의 생채기를 치료합니다. 그리고 책으로 인해 말이 정리되고, 생각과 마음이 여과되어 쓸모없는 불순물들이 걸러져 나옵니다.

책은 나의 비상약이 담긴 보관함이 됩니다. 상처가 나면 소독약을 꺼내어 외부에서 다른 균이 침투하지 못하도록 내 마음에 소독약을 바릅니다. 가끔은 소독약으로 인해 마음이 따갑고 아플 때가 있습니다. 소독이 끝나면 상처에 연고를 바릅니다. 그리고 마음에 밴드를 살짝 붙이고 밖으로 나옵니다.

간밤에 집을 나간 아들이 들어오지 않은 채 주일 아침을 맞이합니다. 남편은 교회 차량 운행 봉사 때문에 아침 8시가 되어서 나갑니다. 그날은 나의 상한 감정을 속이며 교회에 앉아서 예배드리는 게 싫었습니다. 아무 일도 없는 듯 행동하는 남편의 모습도 싫었습니다.

나는 아들과 남편에게 각각 편지를 쓰고 10시가 되어 교회가 아닌 버스터미널로 향합니다. 그때 저만치 앞에서 걸어오는 아들의 모습이 보입니다. 아들이 교회에 갈 시간에 다른 곳을 향하고 있는 내 모습이 이상했는지 묻습니다.

"엄마! 어디 가? 교회 안 가?"

"교회 안 갈 거야, 너도 아빠도 하고 싶은 말과 행동 다 하고 사는데, 엄마도 그렇게 할 거야. 집에 들어가 있어."

아들과 헤어지고 터미널에 앉아 있자니, 갈 곳이 없습니다. 우두커니 앉아 정차된 버스들을 둘러봅니다. 인천행 버스가 눈에 보여 승차권을 끊어 버스에 올라탄 뒤 휴대전화의 전원을 끕니다. 주일 예배 한번 빠진 적 없는 내가 말없이 예배를 안 드리는 것은 누가 보아도 이해가 안 되는 상황일 것입니다. 버스가 용인쯤 지날 때입니다. 하나님께 기도하는 중에 눈물이 쉴 새 없이 흐르는데, 마음 가운데서 음성이 들려옵니다.

"내가 너를 안다."

마음으로 음성을 듣는 순간 평안함이 옵니다.

그렇습니다. 사람에게 백 마디의 위로를 구하기보다 하나님의 한마디 위로는 세상이 주는 위로와 비교가 되지 않는 하나님의 따스한 품속입니다. 사람들을 찾아다니며 마음 알아 달라고 구걸하는 앵벌이가 되지 않기로 작정했습니다. 사람에게 말하면 소문이 나지만, 하나님께 고하면 응답과 평안을 주십니다.

막상 인천 터미널에 도착했지만, 갈 곳이 없습니다. 동생에게 연락하려 했으나 미안한 마음이 앞섭니다. 그래서 터미널 지하로 내려가 영풍문고에 들어가 책을 사서 한 귀퉁이에 앉아 보기 시작합니다. 시간 가는 줄 모르고 있다가 휴대전화를 켜 보니, 교회 식구들의 문자가 주르륵 올라옵니다. 문자를 보니 갑자기 마음에 지침이 옵니다.

"그냥 말없이 기다려 주면 안 될까?"

때로는 무관심이 가장 좋은 관심이 될 수 있다는 것을 깨닫게 되는 날입니다.

# 삶에서도 숨이 차는데

숨을 쉬며 호흡을 할 수 있다는 것이 감사합니다. 나는 숨을 쉬며 하루하루를 살아가는 것이 당연하지 않다는 것을 알게 되었습니다. 하나님께선 이 세상에 하찮게 보이는 그 어떤 것도 당연한 것이 단 하나도 없다는 것을 깨닫게 하셨습니다. 호흡한다는 것은 다른 사람이 대신 해줄 수 없습니다. 호흡장애가 오면 사람이 아닌 기계의 힘을 빌려 숨을 쉬어야 하고, 그때부턴 공짜가 아니게 됩니다.

2004년 남편은 또 집을 나가 잠적을 합니다. 습관처럼 가방을 싸서 집을 나가서 소식을 끊고 사는 것은 그 사람의 습관이기에, 나 또한 그러려니 하고 살았습니다. 짧으면 3개월 길면 6개월에서 1년 가까이 소식을 끊고, 그는 방랑자처럼 그렇게 살아갔습니다.

그해에도 그는 내가 시간제로 일하는 식당에 찾아와 잠깐

지방에 내려간다는 말을 남기고 고개를 숙이고 갔습니다. 나는 퇴근을 해서 집에 와서 속옷이 있는 서랍을 열고 장롱을 열어 보니, 휑하니 남편의 옷이 있던 자리가 비어 있습니다. 나와 아들에게는 그것 또한 익숙합니다.

시간제로 일하면서 중학생이 된 아들과 생활한다는 것이 팍팍합니다. 그래서 집 가까운 공장에 들어갔습니다. 공장에서 일하는 것도 처음이고, 기계가 돌아가며 라인이 움직여 돌아가는 것이 신기했습니다.

그 공장에서는 고운 모래로 TV에 들어가는 제품에 곱게 코팅하는 작업을 합니다. 가족끼리 하는 공장이었고, 따뜻한 사람들이었습니다. 나는 집이 가까워 점심은 집에서 먹고 오겠다며 점심값을 월급에 포함해서 달라고 했습니다.

공장에 라인이 돌아가며 고운 모래의 입자가 입혀지면, 작업장 안은 온통 미세먼지로 인하여 뿌옇게 됩니다. 그런 환경에서 마스크도 쓰지 않고 일을 했습니다. 마스크를 써야 한다는 생각조차도 못 했고, 마스크를 주지도 않았습니다.

월급날이 되면 나는 아들에게만 먹일 소고기를 조금 삽니다. 아들은 구워진 고기를 씹으며 '엄마. 엄마도 좀 먹어.'라며 내게 권합니다. 그러면 나는 아들에게 말합니다. '엄마는 고기 안 좋아하잖아. 어서 먹어.' 맛있게 먹는 아들의 모습만 보아도 배부릅니다. 그렇게 시간이 흐르고 11월이 되면, 찬바람이 입고 있는 옷을 헤집고 몸으로 들어옵니다.

그리고 얼마 후 몸살감기가 심하게 걸려 며칠째 출근도 못하고 누워만 있었습니다. 열흘이 지나도 감기는 낫지 않습니다. 그리고 주일 아침 아들과 함께 교회를 가기 위해 집을 나섰습니다. 얼마쯤 걷자, 숨이 차며 걸음을 한 발짝도 내딛지를 못하겠습니다. 그렇게 한참을 서 있고 앉아 있어도 숨이 차는 것이 가라앉지 않습니다. 교회보다 집이 가까워 할 수 없이 아들 손을 붙잡고 집으로 되돌아왔습니다.

"왜. 이러는 거지? 뭐가 문제지? 왜 이렇게 숨이 찬 걸까."

다음 날 택시를 타고 동네 병원에 갔습니다. 의사에게 감기를 앓은 지 한참이 되었는데도 낫지 않고 조금만 걸으면 숨이 찬다고 하니, 천식인 것 같다고 합니다. 그러면서 큰 병원으로 가보랍니다. 그리고 그다음 날 인천의료원에 가서 폐활량 검사와 이것저것 검사를 마친 뒤 천식이라는 진단이 내려졌습니다. 먹는 약과 함께 흡입기를 줍니다.

그때부터 나는 삶에서 오는 호흡장애와 함께 육체의 호흡 장애를 가지고 살아가게 됩니다.

# 아픔을 통해 뻣뻣한 내 마음이 절여지다

　백김치를 만들기 위해 배추를 반으로 자르고 소금물을 녹여 줄기가 뻣뻣하고 두꺼운 밑둥치를 먼저 바닥에 세워 절였습니다. 연한 이파리 쪽보다 좀 더 시간을 두고 절여 두기 위함입니다.

　딱딱하고 뻣뻣한 나의 마음도 육체의 아픔과 고통이라는 소금물에 절여지기 시작합니다. 절여지는 시간 동안 나의 의지와는 상관없이 소금물에 잠긴 나 스스로는 아무것도 할 수 없는 존재임을 깨닫게 됩니다.

　천식이라는 병은 나를 아무것도 못 하게 옭아매어 놓았습니다. 특히 환절기가 되면 병원에서 살아야 했습니다. 산소 호흡기는 늘 나의 호흡을 대신해 주었습니다. 천식 약 또한 가장 독한 약을 처방받아야 했습니다. 이 독한 약은 얼굴에 변형을 가져왔고, 손 떨림 증상도 나타났습니다. 이 증상은 지금도 남아 있어서, 몸의 컨디션이 저조해지면 손 떨림으로 인해 가끔 젓가락으로 집었던 음식물을 놓칠 때가 있습니다. 같이 식사하다가 이런 내 모습을 본 주변사람들은 '왜 손을 떠느냐', '왜 음식물을 떨어뜨리느냐'고 묻는 이가 종종 있습니다.

다른 사람에게는 지극히 일상적 생활이 나에게는 힘겨운 일이 됩니다. 식사하고 설거지할 때 그릇 몇 개 닦고 나면, 때로 숨이 차올라 누웠다 일어나서 다시 설거지를 끝마치곤 합니다.

교회의 예배 생활에서도 마찬가지입니다. 사람들은 모두 일어나서 예배드리거나 기도를 하는데, 나는 혼자 앉아 있어야만 했습니다. 찬양을 하고 싶어도 맘껏 하지도 못합니다. 다른 사람들에게 숨 쉬는 일은 아무 것도 아니지만, 나는 숨 쉬는 게 힘들 때가 많았습니다. 외출할 일이 생기면 가장 먼저 흡입기부터 챙깁니다. 육신의 고통은 나 자신에게는 물론 부모님과 가족들에게 똑같은 고통을 가져다줍니다. 바깥생활이 힘들어 집에서 기도할 때면, 말이 아닌 글로 쓰거나 찬양도 마음으로 부르곤 했습니다.

아버지는 봄이 되면 민들레를 캐서 말리기 바쁘십니다. 가을이 되면 봄에 따서 말린 민들레·배·도라지 등 갖가지 약재를 가마솥에 넣고 오랜 시간 끓여서 보내 주셨습니다.

나가서 일을 할 수가 없으니, 수입은 온전히 남편이 벌어온 돈으로 충당하게 됩니다. 갖다 주는 그 돈에 맞춰 살아야 했습니다. 그러다 보니, 나는 작은 지출 건을 놓고도 적잖이 고민하게 됩니다. 어느 순간 남편에게 고마운 마음과 미안한 마음이 동시에 듭니다.

오랜 기간 아픈 치레를 하다 보니, 주위 사람들이 내게 건네는 인사는 "몸은 좀 어때요?"입니다. 그 말이 작은 바늘 끝이 되어 연약해진 내 마음을 아프게 찌릅니다. 그럴 때마다 나는 괜찮지 않아도 괜찮다고 말합니다.


천식을 앓은 지 8년이 지난 어느 날이었습니다. 밤 10시부터 잦은 기침이 나오기 시작하더니, 그다음 날 새벽 4시까지 가래를 쏟아 냈습니다. 슈퍼마켓용 큰 검은 비닐봉지로 가득 나오고, 옷과 이불은 땀으로 흠뻑 젖어 있습니다. 남편은 매일 이불 빨래를 합니다. 새벽이면 나는 기진하여 죽은 듯 누워 있고, 남편은 땀으로 젖어 있는 옷을 갈아입히고 이불을 걷어 뺍니다.

그렇게 15일이 지속되자, 남편이 죽겠다 싶었습니다. 평소 다니던 청주 성모병원으로 갔습니다. 담당 의사인 이상록 과장님은 소견서를 써주면서, 청량리 성바오로병원으로 가 보라고 합니다. 성바오로병원에서 입원 후 치료를 받고 퇴원했습니다.

얼마간 지나자, 차츰 몸이 나아지는 걸 느낍니다. 새벽에 교회까지 걸어가도 괜찮고, 집에서도 정상적인 생활이 조금씩 가능해졌습니다. 그리고 기도하면서 약을 끊었습니다. 이대로 죽으면 죽는 거지요. 약을 의지하지 않았습니다.


몸이 어느 정도 회복되었지만, 바깥으로 돌아다니는 것보다 집에 있는 것이 편했습니다. 누구랑 만나 밖에서 수다를 떠는 것보다, 집으로 초대해 내 손으로 간단한 식사와 차를 마련하여 나누곤 했습니다.

내가 늘 집에 있으니, 마음이 지친 사람들이 내 집으로 옵니다. 함께 식사하고 이야기하다 보면, 힘을 얻고 얼굴이 밝아집니다. 그 모습을 보면서 하나님께 감사했습니다. 10년의 육체적 고통을 통해 나는 아무것도 아니라는 걸 깨닫게 해 주셨습니다. 낮아지고 낮아졌습니다. 다른 사람의 아픔과 상한 마음이 보였습니다.

지금까지 나의 아픔을 함께 지켜보았던 사람들은 나를 보고 말합니다. 기적을 보고 있다고. 오늘도 마음껏 찬양하고 마음껏 걸을 수 있도록 하나님은 나의 호흡을 주관하고 계십니다.

# 엄마 미안해

내 자식은 문제가 없어. 문제는 어울려 다니는 친구들이지. 그 큰 착각이 안으로 나를 들이밀어 바로 볼 수 없도록 내 눈을 가렸습니다. 어떤 이가 이런 말을 했지요. "문제 있는 부모는 있어도, 문제 있는 아이는 없다." 맞습니다. 내가 문제입니다. 이 어미가 문제입니다.

아들이 중학교 2학년이 되었을 때입니다. 아들의 담임선생님에게서 전화가 왔습니다.

"저~ ○○ 어머님 되시죠? 여기 학교인데요, 좀 학교로 와주셔야겠어요."

"왜 그러시죠? 선생님! 우리 아들이 뭔 사고를 쳤나요?"

"아뇨! 그냥 아이들끼리 문제가 있었나 본데, 어머니, 학교 과학실에서 뵀으면 합니다."

가슴이 방망이질을 합니다. 누구에게 말도 못 하고, 아빠라고 이름만 있지 아이의 문제는 오롯이 나 혼자 감당하며 살아야 했습니다. 어찌할 줄 몰라 담임 목사님께 전화를 했습니다.

"목사님! ○○가 학교에서 뭔 사고를 쳤나 봐요. 어떻게 해요?"

"집사님! 걱정하지 마시고 다녀오세요. 그 녀석 별일 아닐 거예요. 기도하고 있겠습니다."

전화를 끊고 나와 택시를 탔습니다. 택시 안에서 속으로 기도합니다.

"하나님! 어떻게 해야 해요? 마땅히 잘못한 일이 있으면 혼이 나야지요. 그런데 하나님 제가 두렵고 무서워요. 저 좀 붙잡아 주세요."

내가 의지하며 털어놓고 말할 곳은 하나님 외에는 아무도 없었습니다. 학교에 도착해 떨리는 마음으로 과학실에 들어갔더니, 몇몇 부모님들이 먼저 와 계셨습니다. 영문도 모른 채 다른 학부모들과 함께 있는데, 선생님께서 들어오셨습니다. 몇몇 아이들이 주동이 돼서 한 아이가 반에서 집단 따돌림과 괴롭힘을 당해서, 피해 학생 부모님과 가해 학생들 부모님을 이렇게 모시게 됐다는 말을 듣습니다.

나는 믿어지지가 않았습니다. 그러면서 조금 있다가 가해

학생들이 반성문을 써서 이곳 과학실에 오기로 했답니다. 얼마의 시간이 흐르고 학생들이 문 앞에 서 있는 모습이 작은 창으로 보였습니다. 아들의 모습도 보입니다. 그리고 아들과 나의 눈이 마주치는 순간, 아들의 눈에서 눈물이 흐르는 걸 봅니다. 온몸이 떨리고 할 말이 없습니다. 마음에서 이해가 되지 않아 혼자 되뇝니다.

'정말 착한 아들인데, 왜 이렇게 되었지?'

피해 학생 부모님들께 머리를 조아려 사과하고, 아들과 함께 집으로 향했습니다. 걸어서 30분 되는 거리를 아들과 걷습니다. 아들은 나의 뒤에서 말없이 걸어오고, 나는 맘속으로 기도합니다.

'하나님! 이 아이에게 무슨 말을 해야 하나요? 저에게 지혜를 주세요.'

마음의 기도를 하는 중에 아들이 말합니다.

"엄마! 왜 아무 말 안 해? 왜 혼내지 않아?"

그러고는 "엄마! 미안해."라고 덧붙입니다.

나는 아들에게 즉답 대신에 '추운데, 우리 어묵 먹을까?'라고 물으니, 아들은 생각이 없다고 힘없이 말합니다.

나는 한참 만에 말을 했습니다.

"엄마는 네가 좀 재수가 없어서 걸린 것 같다는 생각이 들어."

아들이 나를 쳐다봅니다.

"왜! 그런 거 있잖아. 안 그러다 한 번 딱 했는데, 재수 없게 걸리는 거. 그거 같은데? 그런데 엄마는 네가 강한 자 편에 있는 것보다, 약한 자 편에 있는 사람이 되었으면 좋겠어."

아들의 일은 지금까지 누구에게도 말하지 않은, 나와 아들만의 비밀입니다.

# 내 눈엔 엄마만 보였으니까

아들이 대학교 입학을 하면서 학교 근처 원룸에서 살게 됩니다. 아들이 집에 오는 횟수가 점점 줄면서, 남편과 아들 사이에 마음의 거리도 좁혀지지 않은 채 멀어져만 갑니다. 내 마음의 숨도 두 사람의 벌어진 간격만큼 조금씩 쉬게 됩니다.

아들은 대학교 재학 중에 장학금을 받거나, 그것이 안 되면 학자금 대출로 학업을 마쳤습니다. 대학교 졸업을 앞두고 아들이 엄마인 나와 외할머니를 초대합니다. 졸업식에 가서 정문에 들어서니, 총학생회에서 걸어놓은 플래카드에 아들의 이름 세 자가 보입니다. 왈칵 눈물이 쏟아집니다. 아들에 대한 미안함과 말로 표현할 수 없는 여러 가지 감정이 겹쳐 쌓입니다.

졸업 시상식에 여러 번 강단에 올라가는 아들을 보면서 기특함보다 미안함의 감정이 더 컸습니다. 졸업식이 끝나고 가장 사랑하는 애제자라고 말하던 교수님이 말씀하십니다.

"아드님, 잘 키우셨습니다."

순간 내가 아들에게 무엇을 했을까? 내가 이 말을 들을 자격이 있을까? 머리가 멍해집니다. 어느 날 아들에게 말합니다.

"잘 커 줘서 고마워. 아들!"

"엄마! 나는 버틴 거야, 내 눈엔 엄마만 보였으니깐."

# 차라리 말을 하지 마세요

어느 연구 자료에 의하면, 우리는 하루를 살아갈 때 약 150회의 선택을 한다고 합니다. 어쩌면 우리 인생이란 선택의 연속이라는 생각을 하게 됩니다.

나는 일어나면 제일 먼저 커피 마시는 것을 선택합니다. 그리고 잠시 자리에 앉아 오늘 하루를 허락하셨음에 감사의 기도를 하고, 노트북을 켜는 것을 선택합니다. 말도 선택입니다. 말해야 하는 것이 맞을까? 하지 말아야 하는 것이 맞을까? 그것 또한 선택하는 것입니다. 굳이 하지 않아도 될 말을 해서 상처 주는 일들을 그동안 주변에서 적잖이 보아 왔습니다. 물론 나도 그런 가해자 중의 한 사람이었을 것입니다.

나는 돈을 벌기 위해 건설 현장에서 일을 하게 되었습니다. 건설 현장에선 용접이나 기타 화재를 방지하기 위해 안전

담당자를 세워 놓습니다. 종일 앉지 못하고 서 있는 일이다 보니, 퇴근하고 숙소에 오면 다리가 퉁퉁 부어 있습니다. 그러면 방바닥에 누워 다리를 벽에 올리고 자곤 했던 습관이 생겼습니다. 지금도 다리가 아프면 가끔 다리를 올리고 잡니다.

맨 처음 건설 현장에 나갈 때의 일입니다. 이른 새벽 출근 셔틀버스 안에서 차창에 기대어 깜깜한 밤하늘에 반짝이는 별을 올려다보며 울면서 출근했습니다.

'내가 어쩌다 여기까지 왔을까?'

어떤 때는 조출이라는 것이 있어서 새벽 3시에 일어나 출근해서 야간까지 하고 숙소에 들어가면 밤 11시가 가까워져 옵니다. 딱 세 시간을 자고 출근해서 일하고, 또 퇴근하고…. 그러한 시간을 보내면서 매주 주일에 교회 가는 것이 힘들고 어려웠습니다. 어쩌다 2주 만에 교회에 나가면, 어떤 안수집사님이라는 분이 문 앞에서 인사는 고사하고 이렇게 말을 합니다.

"돈을 너무 많이 사랑하는 것 아닙니까? 돈을 사랑하는 것이 일만 악의 뿌리라고 했습니다."

예배 중에 목사님의 설교는 귀에 들어오지 않고, 그 안수집사님의 말이 귀에 꽂혀 계속 맴돕니다. 가뜩이나 주일을 지키

지 못하는 죄책감으로 마음이 짓눌려 눈치가 보이고 하나님
께 죄송한 마음이 드는 나에게 그 말은 가시가 되어 나를 찌
릅니다.

차라리 교회에 가지 말까? 자존감이 낮은 나로선 힘든 마
음의 선택을 하게 됩니다.

# 말하기와 말 쓰기

　내가 글을 쓴다고 하니, 친정엄마와 가족들 그리고 지인들이 응원을 보내 줍니다.

　"잘해 봐. 예쁜 글 써 봐."

　"넌 잘할 수 있을 거야."

　친정엄마는 노트북을 사 주시고, 남편은 프린터기와 펜을 사 주고, 지인들은 지난날 아프고 힘들게 살아온 것을 가족들보다 더 많이 알고 보았기에, 눈물 흘리며 자기 일처럼 기뻐해 줍니다. 요즘 문득 드는 생각이 있습니다. 지금까지 살아오면서 내가 이렇게 사람들로부터 잘해 보라는 응원을 받아 본 적이 있었던가? 기억을 더듬어 보아도 기억이 나질 않습니다. 너무 오래돼서 기억에서 지워졌거나, 상처가 나고 또 나서 새로운 살이 생기고, 그 자리에 딱정이가 져서 그것들이 떨어져 나갈 때마다, 모든 기억들도 함께 떨어져 나간 건 아닐까? 하는 생각이 듭니다.

더군다나 자존감이 낮은 나였기에, '할 수 있을까? 괜한 짓 시작한 건 아닐까?' 두근거림과 조바심에 떠는 나에게 이야기 밥상 친구와 동료들은 말합니다.

"성경 씨! 잘할 수 있어요. 지금도 잘하고 있잖아요."

그 말을 듣고 용기를 갖지만, 자꾸 움츠러드는 나를 세우는 일은 쉽지가 않습니다. 내가 지난날에 늘 들었던 말들은 "네가 잘하는 건 부모 속 썩이는 일이잖아.", "고생이 네 전공 아니야?" 심지어 어떤 이들은 "저렇게 사느니 나는 안 살아!" 이런 말의 가시에 찔려, 나는 뼛속까지 말의 상처가 깊은 사람이었습니다.

그런 내가 글쓰기를 하면서 응원군들이 생기고, 또 응원가를 불러 줍니다. 요즘엔 나도 모르게 콧노래가 새어 나오는 내 모습을 보면서, 새삼 알아차립니다.

'아! 내가 좋아하고 행복해지는 일을 이제야 하는구나!'

나는 말하는 것보다 글로써 표현하는 것이 더 편합니다. 상처가 되는 말을 하면 수정이 가능할까요? 아니오. 미안하다고 해도 말의 상처를 받은 사람은 처음의 말을 지우기가 힘듭니다. 하지만 글로써 누군가에게 전할 때는 생각하고 또 생각하고 씁니다. 뿐만 아니라 내가 읽고 또 읽고, 혹시 오해의 소지가 있는 부분이 있지 않을까 점검하고, 수정할 수 있어서 나는 글을 쓰는 것이 참 좋습니다.

지금 나는 행복한 글쟁이를 꿈꾸며, 오늘도 글을 짓습니다.

# 내 인생에 당신은 없어

　남편과 아들. 멀어진 거리를 돌이켜 가까이하기엔 너무 멀리 갔습니다. 나는 남편에게 아들에 대해서 함구한 채 한 지붕 아래서 각자의 삶을 살았습니다.

　2015년 여름 아들의 생일이 얼마 남지 않은 어느 날, 남편과 아들의 거리를 좁혀 보고자 하는 마음에 남편에게 제안을 합니다. 아들 생일에 수원에 가서 밥이라도 한 끼 함께 하면 어떻겠느냐고. 어쩐 일로 흔쾌히 그러자고 합니다. 내심 반가우면서도 한편으론 불안감도 밀려옵니다. 생일날 우리는 수원으로 가서 아들과 저녁을 함께 하고 카페에서 커피를 마셨습니다. 아들이 어렵게 남편에게 말을 건넵니다.

　"아빠! 제가 어렸을 때 왜 그렇게 저를 미워했어요? 나를 왜 그렇게 때렸어요?"

　남편은 아무 말 하지 않고 앉아 있다가 아들이 잠깐 화장실간 사이에 나를 보며 아들에게 욕을 합니다. ××× 없는 ××라며. 아들은 그것도 모른 채 남편에게 호프집에 가서 맥주 한 잔씩 하자고 합니다. 비가 억수같이 내리는 늦은 저녁시간입니다. 호프집에서 주문한 맥주가 나오자, 남편이 벌컥벌컥 들이마십니다. 그러더니 아들을 향하여 욕을 쏟아 놓습니다. 아들이 벌떡 일어나면서 말합니다.

"당신, 나에게 미안하다 한마디의 사과는 해야 하는 것 아니야? 이제부터 내 인생에 당신이란 사람은 없어!"

아들은 눈물을 글썽이며 나를 보고 말합니다.

"엄마! 만약 제가 결혼할 때 저 사람이 엄마 옆에 앉는다면, 나는 뭐라 말은 않겠어요. 하지만 저 사람을 아빠라 부르는 일은 없을 거야. 엄마 정말 미안해. 나 먼저 갈게요."

그렇게 아들은 울면서 나갔습니다. 수원에서 내려오면서 앞이 보이지 않는 빗길을 뚫고 운전하는 나에게 남편은 옆자리에 앉아 쉴 새 없이 욕을 합니다. 나는 하나 마나 한 이야기를 그에게 또 합니다.

"사람이 미련하면 어리석지는 말아야지. 애가 풀어보고자 대화를 시도하면, '몰라서 그랬다. 미안하다. 용서해다오.' 그 말이면 되잖아."

나의 말은 남편의 욕과 함께 허공을 맴돌다 사라집니다.

# 이혼을 준비하는 남자, 이혼을 갈등하는 여자

　　인생에도 계절이 있습니다. 내가 겨울의 한복판에 서 있는 듯해도 겨울은 지나갑니다. 내 인생에 꽃길만 걸을 수는 없습니다. 타들어 가는 사막을 건너고 나면, 오아시스를 준비해 놓으시는 하나님입니다. 지금은 모든 것이 살이 올라 우리에게 많은 것을 내어주는, 인심이 후한 가을입니다. 지금 밖에는 송골송골 맺은 가을비로 여름을 토닥입니다.

　　남편과 아들의 일로 우리 부부도 서로에게 데면데면해지면서, 건조한 일상이 이어집니다. 이제 남편은 술만 마시면, 밥 먹듯이 이혼을 종용합니다. 나는 이혼이라는 길목에서 갈피를 잡지 못합니다. 어느 해 추석 명절에 혼자 친정집에 내려가 있는 아침에 남편은 장문의 문자를 보내왔습니다. 더는 나와 살 수 없으니 이혼해 달라는 것입니다.

나는 명절이 끝나고 집 근처까지 와서 집에 들어가지 못하고 배회합니다. 남편을 마주하는 게 두려웠습니다. 한참을 배회하다가 다니는 교회 사모님께 전화를 걸었습니다. 드릴 말씀이 있다며 뵙기를 청해 교회로 가서 사모님과 상담했습니다. 남편에게서 온 문자를 보여드리며 말합니다.

"이렇게 해도 그냥 참고 살아야 하는 건가요?"

"이혼은 하나님의 뜻이 아닙니다. 우리 같이 기도해요."

상담을 마치고 교회 문을 여는 손에 힘이 풀립니다. 집으로 와 현관문을 여니, 술 냄새가 진동합니다. 거실에는 소주병들이 나뒹굴고 있고, 남편은 코를 골며 자고 있습니다. 남편의 모습이 측은합니다. '얼마나 고민했을까?' 이렇게 억지로 붙잡고 있는 것이 능사는 아니다 싶습니다.

그렇게 또 시간이 흐르고 한 해가 기울어 갔습니다. 사람들은 새해를 앞두고 부푼 기대와 희망을 품지만, 나는 이혼을 준비합니다. 새해가 왔습니다. 1월 어느 날 새벽 2시 자동차에 시동을 걸고 정동진으로 향했습니다.

새벽 정동진에 도착하니, 꽤 많은 사람이 일출을 보려고 왔고, 나는 밀려오는 거센 파도와 같은 나의 삶 속에서 이혼을 다짐하고 올라갑니다. 남편에게 전화합니다.

　　　　　　　　　　　　　　책갈피에서 약을 꺼내는 여자

"이혼 도장 찍어 줄게요. 그동안 고생 많았어요."

# 마음에 결내기

마음에도 결이 있습니다.
고운 결이 되기 전 우리는
마음에 가지치기를 해야 합니다.
욕심의 가지를 잘라내고,
이기적인 가지를 잘라내고
미움의 가지와 불평의 가지를 잘라냅니다.

잘려져 나가 상처 나고 아픈 마음나무에
우리는 서로를 용납하고 안아주는
사랑의 연고(약)을 발라 치료하며
마음의 성숙을 기다립니다.
마음의 성숙은 나이의 숫자와는 상관이 없습니다.

큰 나무 되었다고 멋진 작품 되는 것 아니고
볼품없는 나무라도 깎고 다듬어 멋진 작품 되듯이,
살아가는 동안 숱하게 입은 마음의 생채기로 인해
삐죽삐죽 울퉁불퉁 옹이가 박힌 마음에
우리는 대패질을 해야 하는 작업의 시간이 옵니다
그 시간을 피하거나 도망치지 않기로 다짐합니다.

내 살이 베어져 나가는 아픔도 있겠지요.
하지만 베어지고 깎여진 나무의 속살에서
진한 나무의 향기가 나며
고운 결이 되어 나옵니다.

거친 결은 사람을 다치게 하지만,
고운 결은 사람을 가까이하게 합니다.

오늘도 나는
내 마음의 결을 고르는 작업을 시작합니다.

# 어두운 길에 빛을 비춰 준 사람

남편을 처음 만난 것은 건설 현장에서였습니다. 갚아야 할 부채가 있기에, 요금소에서 근무했습니다. 하지만 그 월급으로는 생활이 힘들었습니다. 이혼하면서 옷과 책, 김치냉장고만 가지고 쫓겨나듯 나왔기에, 처음부터 다시 시작하는 마음으로 살아야 했습니다.

나의 얼굴은 늘 어두웠습니다. 일하고 퇴근하면 숙소에서 자고 또 새벽이면 나와야 하는 반복된 삶이 계속되던 어느 날, 바빠지는 공정에 새로운 사람들이 현장에 투입이 되었습니다. 지금의 남편은 그중의 한 사람이었습니다. 커피를 즐겨 마시는 나는 늘 텀블러에 커피를 타가지고 가서 쉬는 시간이면 마셨습니다. 그런데 항상 얼굴을 가리고 다니는 사람이 쉬는 시간이면, 커피를 마시는 나에게 자꾸 말을 시킵니다.

"누나! 나도 커피 좋아하는데."

"커피 한 잔 줘요?"

나는 커피를 한 잔 따라 그에게 건넸고, 그는 맛있게 마십니다.

며칠 후 신입사원들과 몇 명이 퇴근 후 치맥을 한다며 숙소생활을 함께하는 동생과 동갑내기 친구가 함께 가자고 합니다. 나는 술도 못하는 내가 거기 가서 무얼 먹느냐고 거절하니까, 치킨이라도 먹으라며 나의 팔을 잡고 갑니다. 치킨 집에 도착해 앉아 있는데, 늦게 온 그가 내 옆자리를 비집고 앉습니다. 치킨에 술들을 먹으니, 모두 얼근하게 취기가 올랐습니다.

돌아오는 길엔 유일하게 술을 안 한 내가 운전을 해야 할판입니다. 그는 자동차 열쇠를 내게 주면서 자기를 숙소에 내려주고 차를 가져가, 아침에 자기를 데리러 오면 되지 않느냐고 합니다.

술에 취한 동생은 "언니야! 그렇게 하자." 남의 차를 운전한다는 것이 성가신 일인 것을 알지만, 상황이 마땅치 않아내가 그의 차를 운전하게 됩니다. 다음 날 아침 숙소에서 함께 생활하는 동생은 병이 나서 출근을 못 한다고 해서 동갑내기 친구와 함께 그가 있는 숙소 근처로 갔습니다. 그는 벌써 나와 편의점 앞에 서 있습니다.

나는 자동차 열쇠를 그에게 건네주고 뒷좌석으로 가 앉습니다. 그는 친구와 나에게 우유와 샌드위치를 건네줍니다. 그 모습이 나에게는 조금 낯설었습니다. 다른 사람을 늘 챙겨 주며 살아야 했던 나였기에, 그가 건네준 빵과 우유를 손에 들고 그걸 바라보고 있었습니다. 그러자 나에게 "왜 안 드세요?" 룸미러로 말하는 그 사람과 눈이 마주칩니다.

# 쓴맛 그리고 단맛

혀끝에서 전해오는 달콤함은 더 강한 단맛을 요구합니다.
좀 전에 느낀 달콤함보다 단맛이 더하지 않으면, 지금의 단맛
은 아무 맛을 느끼지 못합니다. 하지만 지독한 쓴맛 뒤에 와
닿는 아주 작은 단맛은 내 혀끝에서 쓴맛이 조금씩 녹아 내려
감을 느끼게 됩니다. 인생에도 그런 맛이 있습니다. 인생의
지독한 쓴맛을 본 사람은 작은 단맛의 행복도 배가 되어 크게
느껴집니다.

지금 남편과 나는 똑같은 계절인데, 다른 계절을 맞이한 듯
살고 있습니다. 꽃이 피는 봄에 꽃이 보이지 않고 겨울이 오
면 몸서리치며 이 추위를 어떻게 지낼까? 하는 생각에, 겨울
눈이 내리는 아름다움을 잊고 살았습니다.

지금 우리는 함께 각기 다른 사계절의 색깔을 보고 맛을 느

깹니다. 마주하면 이야기가 되는 사람이 내 옆에 있다는 것이 감사합니다. 처음에는 낯설고 두려움도 있었습니다. 고배의 잔을 여러 번 마셔 본 사람은 희망이 담긴 마지막 한 잔조차도 의심하고 마시기를 주저합니다. 지독한 쓴맛만을 느껴 본 사람은 달콤한 작은 사탕에서 오는 그 달달함조차 빼앗길까 두려워합니다.

나와 함께한 얼마의 시간이 지났을 때, 남편이 말합니다.
"내가 이렇게 행복해도 될까?"
그 말은 남편만이 아닌 나에게도 똑같이 적용되는 말입니다. 가끔 두려운 생각이 나를 엄습해 올 때가 있습니다. 하나님이 남편을 데려가면 어떻게 하지? 하나님이…. 이렇게 하면 어떻게 하지? 나에게 주어진 작은 소소함에서 오는 행복이 내게서 달아나 버리지 않을까? 두렵고 무서운 생각이 들 때가 있었습니다.
어려운 일과 고통에 익숙해진 남편과 나는 함께 웃으며 마주하는 밥상조차도 밥상의 다리가 어그러져 쓰러져 엎어질까? 가슴이 조마조마해지고 두려운 때를 함께 지나왔습니다. 서로의 등을 토닥여 주고 소중히 여기며 지금 이 길을 함께 갑니다. 남편이 말합니다.

"조금만 기다려 줘. 당신과 함께 손잡고 교회 갈 거야. 당신이 믿는 하나님이라면, 내가 교회에 나갈 수 있을 것 같아. 그리고 내 옆에 있어 줘서 고마워."

## 우리 엄마 인생 찾아 주세요

나무들은 태양을 향하여 자랍니다. 사람도 따뜻하면 그 사람을 향해 기대고 바라보게 됩니다. 가만히 있어도 따뜻함이 전해지는 그런 사람이 있습니다. 지금의 남편을 만나서 처음으로 사람의 따뜻함을 알게 되었습니다.

남편과 만남이 지속되면서 아들에게 어떻게 말을 해야 하나? 걱정이 됩니다. 주말을 앞두고 아들에게 밖에서 식사를 같이 하자고 불렀습니다. 일식집에서 만나 식사를 하는 중에 아들이 말없이 밥만 먹고 있는 나에게 묻습니다.

"엄마! 혹시 만나는 사람 있어?"

"왜?"

"여기 오는 동안 차 안에서 문득 그 생각이 들어서."

"으응, 엄마가 좋다고 하네." 그리고 웃었습니다.

"엄마도 한 번은 엄마 인생 제대로 살아 봐야지. 어떤 사람이야?"

"사별하고 10년을 넘게 혼자 살고 있는 사람. 아들이 있고."

이해해 주는 아들이 고마웠습니다. 아들이 장성하니 만남이 조심스럽고, 아들의 이해를 구하게 됩니다. 며칠이 지난 뒤 그와 통화를 하는 중에 아들과 통화하고 싶다며 아들에게 물어보라고 합니다. 아들의 눈치를 살짝 보며 전화 받아 보려느냐 눈짓을 하니, 아들이 전화를 받아 들고 밖으로 나갑니다. 그리고 한참 후 집으로 들어와 전화기를 건네줍니다. 아들에게 조심스럽게 묻습니다.

"뭐래? 무슨 말했어?"

"그냥 별말 안 했어."

아들은 짧은 대답을 하고 제 방으로 들어갑니다. 남편에게서 나중에 들은 이야기입니다.

"저는 아버지의 존재가 그다지 필요하지 않아요. 그런데 제 어머니의 인생, 아저씨께서 찾아주세요. 부탁드립니다."

엄마 안에서 실종된 엄마의 존재를 찾아 달라고 아들은 남편에게 부탁한 것입니다.

# 고맙다 그리고 미안하다

나의 시어머니(88세) 기종임 여사님. 4년 전 집 마당에서 넘어져 넓적다리뼈의 골절로 2번의 수술을 하셨습니다. 병원에서 장기간 입원 후 퇴원하시고 요양병원으로 옮기셨습니다. 그러기를 한 달, 병원에서 준비하라는 연락을 받은 남편의 목소리가 축축히 젖어듭니다. 누군가를 떠나보내야 하는 아픔의 감정들은 연습이 되지 않아선지, 그것들이 한꺼번에 가슴으로 올라옵니다.

남편을 만나고 처음 신안 압해도로 시어머니를 뵈러 가는 차 안에서 나는 많은 생각들로 머릿속이 어지러웠습니다. '혹시 마음에 들지 않아 인사조차 받지 않으시면 어떻게 하지.' 긴장과 걱정 속에 첫 만남이 이루어집니다.

인사를 드리고 앉은 후 내게 시어머니가 입을 떼십니다.

"고맙다." 손을 내밀어 나의 손을 잡아 주셨습니다. 무엇이 고마우셨을까요? 당신의 아픈 새끼손가락이었던 그 막내아들이 이제는 따뜻한 밥을 먹겠구나. 그 마음이셨을까? 아니면 홀로 무거운 짐을 지고 가는 막내아들의 짐을 함께 나눠 질 수 있는 식구가 생겼구나 싶어 마음이 놓이신 걸까요.

고맙다 하신 그 말씀이 나는 더 감사했습니다. 사는 게 바빠 자주 찾아뵙지도 못하고, 병원에 계시는 동안에는 코로나라는 이유로 면회까지 금지되어 외롭게 지내셨을 어머님.

그 어머님이 이제는 의식 없이 잠만 주무십니다. 큰아들, 작은아들. 며느리도 몰라보신다는 시어머니를 우리 부부도 주말에 뵈러 갔습니다. 입원실이 있는 2층 창가 끝 침대에 바싹 마르고 야위신 모습으로 어머님이 웅크린 채 잠들어 계십니다. 남편은 마른 낙엽과도 같은 어머니를 혹시나 부서질까 조심히 만지며 말합니다.

"엄마! 어머니! 저 막내예요."

그 말에 의식이 없으셨던 시어머니의 눈이 떠지고, 그 동공이 흔들립니다. 그리고 5초쯤 지났을까요. 어머닌 눈을 감으시고 깊은 잠이 드셨습니다. 당신의 막내아들이 얼마나 마음에 걸리고 보고 싶으면 잠깐이라도 눈떠서 보셨을까요.

나는 시어머니의 얼굴을 두 손으로 감싸고 그동안 마음에 담아 놓고 하지 못했던 말을 합니다. "어머님, 고된 삶 살아 내시느라 고생하셨어요. 그리고 고맙습니다." 그러자 감사의 눈물이 납니다. 아무것도 묻지도 않으시고 가슴으로 받아 주신 어머니. 그 어머님을 이제 남편과 나는 보낼 준비를 해야 합니다. 지금 가느다란 호흡으로 세상을 간신히 부여잡고 있는, 시어머니의 손을 아주 조금씩 우리는 빼야 할 시간입니다.

시어머니를 찾아 뵐 때마다, 나의 손을 잡고 하셨던 말씀이 있습니다. 그 소리가 가슴 깊은 곳 저 끝으로부터 울림으로 들립니다.

"고맙다. 그리고 미안허다. 줄 것이 없어서."

# 당신 웃게 해 줄게

산책길에 도토리가 쓰고 있던 모자들이 수북이 쌓여 있습니다. 주인 잃은 도토리 벙거지를 툭 발로 찼더니 힘없이 나의 발끝에서 멈춥니다. 동글동글한 얼굴을 한 이 모자의 주인은 누구에게 선물이 되어주었을까. 가던 걸음 멈추고 생각에 빠집니다. 사람들은 다른 사람에게 선물을 줄 때 포장하고 치장합니다. 하지만 가을은 우리에게 포장하지 않은 선물을 줍니다. 이렇듯 사람도 포장하지 않은 진실한 사람, 가을과 같은 사람이 있습니다.

남편과의 만남이 시작될 즈음, 남편은 나에게 '당신 내가 웃게 해 줄게.'라고 말했습니다. 그리고 지금까지 그 말을 지킵니다. 하루 한 번은 남편의 말로 인하여 지금까지 웃는 나의 모습을 봅니다. 밝은 사람은 다른 사람을 밝게 해 주는 묘

약 같은 에너지가 있습니다. 남편은 크리스천이 아닙니다. 그런 사람이 성경에 있는 말씀을 가지고 말합니다.

"우리, 혹시 싸워도 하루를 넘기지 말자."

나는 고집스러운 여자입니다. 화가 나면 며칠이고 말을 안 합니다. 남편과 함께하며 그 고집스러움이 덜합니다. 남편은 나보다 나이가 다섯 살이 적어도 생각의 깊이와 넓이가 깊고 넓은 사람입니다.

어느 날 기분 전환을 위해 남편과 차를 타고 나왔습니다. 우리는 종종 내비게이션을 켜지 않고 목적지 없는 드라이브를 합니다. 오늘은 이쪽 길로 가 볼까? 가다다 분위기 좋은 카페를 만나면, 차를 세우고 함께 커피를 마십니다.

어쩌다 내가 이전에 가 보았던 익숙하던 길을 가 보자고 하면 말없이 갑니다. 그리고 길을 잘못 안내한 내가 당황하여 '어떡해요! 이 길이 아닌가 봐! 미안해.' 하면, 남편은 '아냐! 괜찮아. 길은 바둑판이야. 돌아가면 되지.' 화를 내지 않는 남편이 고맙습니다. 그런 남편에게 내가 말했습니다. '고마워. 화내지 않아서.'

남편과 나는 차 안에서 가장 많은 대화를 합니다. 소통이 되는 사람과 함께 한다는 것은 축복이고 감사입니다. 어머니께서 가끔 저희를 보고 말씀하십니다.

"저울에 달면 한쪽으로 기울지 않게, 같은 아픔을 가진 사람들이 모였어. 너희는."

# 당신 뒤에 내가 있을게

인생길을 가다 보면 내가 짊어지고 가야 하는 짐들이 있습니다. 때로는 그 짐의 무게에 짓눌려 다른 것들은 보이지 않고 지친 나의 발끝만 보일 때가 있습니다. 그 지친 발걸음을 멈추고 싶을 때, 누군가가 나의 짐을 대신 들어주고 손을 잡고 함께 가주는 사람을 만난다면, 고단한 인생길이지만 포기하지 않고 갈 수가 있습니다. 나에게 고개를 들어 앞을 보게 하고, 또 다른 세계를 알게 해 준 사람. 그 사람이 지금의 남편입니다.

나의 인생길에서 내게 용기를 주고 칭찬과 격려를 해 주는 사람은 없었습니다. 그러기에 인정받고 싶은 욕망과 욕심이 어느 순간 내 안에서 쓴 뿌리가 되어 깊이 박혀 있음을 나중에야 알게 되었습니다. 누군가가 칭찬을 해 주면 그것이 내 몸에 독이 되어, 나 자신을 돌아보지 않고 다른 사람의 시선과 말에 움직이게 됩니다. 늘 눈치를 살피며 하고 싶은 말이 있어도 하지 못하는 벙어리가 되어 버렸습니다. 내가 감당할 수 없는 일이 있을지라도, 힘들다는 말 한마디 못 하고 다른 사람의 시선에 이끌려 일을 했습니다. 다른 사람이 짐을 두 개를 든다면, 나는 세 개를 들고 뛰었습니다. 아니, 나는 그렇게 살아야 하는 사람인가 보다 생각하고 살았습니다. 그 생각이 곧 나라는 사람이라고 설정을 해 놓았습니다.

　남편을 만나 나 자신의 소중함을 알게 되었습니다. 현장에서 일을 하면서 남편이 어느 날인가 나에게 말합니다.
　"이제부터 당신하고 싶은 말 있으면, 다 하고 살아. 당신 뒤에 내가 있어!"
　남편은 어디에서나 당당한 모습을 하고 있었습니다. 아무 말 못하고 남의 눈치만 보는 나와는 대조적인 사람입니다. 이치에 맞지 않고 부당한 대접에도 말하지 못하는 나를 옆에서 지켜보는 남편의 눈에는 내가 답답하기 그지없습니다. 몇십 년을 그렇게 살아온 나는 불편한 것을 못 느끼니, 남편의 그 말의 의미를 모르는 것은 당연합니다. 조금씩 남편에 의해 늘 고개를 숙이고 땅만 보고 다니던 내가 변하기 시작합니다. 마음속 가득한 절망이 소망이 되고, 좌절이 용기가 되며, 남의 시선에서 움직여지고 잃어버렸던 나 자신을 찾게 됩니다.

이제 나는 남편 앞에서 노래도 하고 춤을 추게 되었습니다. 그리고 튼튼한 울타리가 쳐져 보호받는 여자가 되었습니다.

# 친생자 관계 부존재 확인 소송

타닥타닥 타들어 가던 가슴이 까맣게 됩니다. 잠을 자다가도 벌떡벌떡 일어나 가슴 치며 우는 나를 남편이 가만히 안아 등을 토닥입니다.

이혼 후 1년이 지났습니다. 전남편에게서 아들의 호적 정리를 해 달라고 연락이 왔습니다. 호적을 위해 결혼했는데, 결혼생활이 끝이 났으니 자기 호적에서 아들을 없애 달라는 것입니다. 아들에게 이야기하니, 덤덤하게 알았다고 대답합니다. 전남편은 내가 소송을 걸어야 한다고 합니다. 어떻게 하는 줄도 모르고 법무사 사무실을 찾아가 알아보니, 소송비가 300만 원 정도가 든다고 합니다. 엄두가 나지 않아 마음만 졸이고 있는데, 전남편에게서 다시 연락이 옵니다. 오빠와 올케언니에게도 연락이 갑니다. 얼굴은 근심에 쌓이고 일도 손에 잡히지 않습니다. 그런 나에게 남편이 묻습니다.

"무슨 일 있어?"

남편의 묻는 말에 자초지종 이야기를 할 수가 없습니다. 남편은 말하기 싫으면 하지 않아도 된다고 합니다. 생각다 못해 남편에게 털어놓았습니다. 가만히 듣고 있던 남편이 말합니다.

"참 못된 사람이다. 이제부터 내가 나서야겠네. 그래도 되지?"

며칠 후 점심시간을 이용해 법무사 사무실을 함께 찾아갔습니다. 이것저것 꼼꼼하게 묻고 점검하는 남편이 든든했습니다. 그리고 수수료는 100만 원에 하기로 했고, 그 비용도 남편이 지불합니다. '친생자 관계 부존재 확인 소송'이라는 생소한 법적 소송이 시작됩니다. 변호사는 생물학적 아버지에 대한 서류가 있어야 한다고 말하는데, 이미 이 땅에 존재하지 않는 사람이라고 했더니, 생모인 내가 판사에게 이 소송을 할 수밖에 없는 사실 확인서를 자필로 쓰라고 합니다. 소송 기간은 1년쯤 걸린다고 합니다. 남편은 법무사 사무실에서 나와 아들에게 전화합니다. 모든 서류와 필요한 절차는 법무사 사무실에 맡겼으니, 아무 걱정 하지 말랍니다.

그리고 얼마 후 아들은 전남편과 유전자 검사를 하기 위해 서울에서 만나기로 합니다.

# 처음으로 너를 낳은 것을 후회했다

　가을을 맞으며 화분에 국화를 심어 집으로 들이니, 작은 꽃송이에서 진한 국화 향이 코끝으로 스밉니다. 몇 주가 지나니 싱싱하던 잎과 꽃이 시름시름합니다. 이 아이들도 새로운 토양과 환경에 적응하느라, 몸살이 나는가 싶습니다. 비타민을 물에 엷게 타서 화분을 담가 놓았습니다. 뿌리가 물을 머금으니, 천천히 위에 덮은 흙을 촉촉이 적십니다. 꽃대를 살짝 붙잡고 조금만 기운을 내자며 말을 건넵니다.

　친생자 관계 부존재 확인 소송을 시작한 지 8개월이 지났을 즈음, 아들에게 법원에 출석하라는 연락이 옵니다. 대면하고 싶지 않은 전남편을 아들은 또 만나야 합니다. 법원에 출석을 앞두고 아들의 힘들어하는 모습을 눈을 뜨고 볼 수가 없습니다. 이름이 바뀌는 것과는 달리, 성이 바뀌는 것은 어떠

한 단어로도 표현이 안 되는 아픔과 고통입니다. 아들이 낳아 달라고 한 것도 아니고, 아빠를 만들어 달라고 한 것도 아니고, 엄마의 선택으로 아들은 겪지 말아야 할 고통을 겪는 것입니다. 하루하루가 나에겐 형벌이 가해지는 듯합니다. 잠을 잘 수가 없고 어쩌다 잠이 들었다가도 벌떡 일어나 가슴을 찢으며 울었습니다. 나의 울음에 남편도 잠을 못 잡니다. 내가 왜 낳아서 자식을 이런 고통을 받게 할까? 가슴을 치며 울었습니다.

법원에서 판결문이 나오면 아들은 호적 없는 무적자가 되고, 생모인 나와 아들이 유전자 검사를 해야 합니다. 아들과 나의 고통을 알기에, 남편은 유전자 검사센터에서 출장 검사로 의뢰를 하여 집에서 검사했습니다. 모근이 정확히 나와야 하기 때문에 5~6개의 머리카락을 신중하게 뽑습니다. TV 드라마에서 보던 내용과는 사뭇 다르다는 것을 알게 되었습니다. 유전자 검사가 끝나면 법원에서 아들이 나의 호적에 올릴 수 있는 판결이 납니다.

1년이라는 시간은 우리에게는 고통의 시간이었습니다. 하기 쉬운 말로, 자식들이 속을 썩이면 호적에서 파 버린다는 말을 합니다. 그것이 어떤 의미인지, 얼마나 아픔이 따라야 하는 것인지 모르고 하는 말입니다. 아무리 속을 썩이는 자식이 있을지라도 호적에서 파버린다는 그런 말은 하지 말아야 합니다. 지금은 아들이 환하게 웃는 모습을 볼 수 있습니다. 그럴 때마다 내 마음에서 아들로 인한 아픔의 얼룩들이 조금씩 지워져 갑니다. 잘 버텨 주고 이겨 내 준 아들이 고맙습니다. 옆에서 같이 울며 토닥여 준 남편이 고맙습니다. 지금도 우리는 천천히 가족이 되어 가는 중입니다.

# 새로운 가족이 된다는 것

인생의 마지막을 느끼며 바닥까지 가 본 나는 절망적 상황이 오면 잠시 앉아 호흡을 가다듬습니다. 그리고 천천히 일어나 좌절의 벽을 소망의 긴 장대를 붙잡고 뛰어넘습니다. 고통 가운데서 감사함이 나에게는 마음의 근육이 단단해지는 준비 운동이었습니다. 나는 고통 가운데서 울고 있을 때 범사에 감사함을 배웠습니다. 아침에 하루를 시작할 힘을 주심에 감사했으며, 걸을 수 있고 내 입술에서 찬양을 할 수 있음에 지금도 감사합니다.

남편은 자녀들이 초등학교 시절 아내를 간암으로 먼저 하늘나라로 보내야 했습니다. 우리는 처음 만났을 때 아이들의 엄마 아빠를 먼저 보낸 공통의 아픔을 겪었기에, 남들보다 빠르게 가까워졌는지 모릅니다. 남편과 나는 자녀들의 동의를 얻어 만나고 함께 하게 되었습니다.

남편에게는 두 아들이 있습니다. 큰아들의 이야기는 하지 않기로 합니다. 지금 함께 살고 있는 작은아들 정우에 관해 이야기하는 것은 무방할 것 같습니다. 사람 관계에서 어떤 사람은 금 간 유리병을 간신히 붙여놓은 것처럼 건드리면 부서져 내릴 것 같은 마음의 깊은 상처로 남은 관계도 있습니다.

남편의 아들 정우는 잘생겼다는 표현보다는 예쁘장한 얼굴입니다. 정우가 군대에서 제대하고 집으로 오면서 새로운 가정이 시작됩니다. 각자의 가정에서 다른 삶을 살던 사람들이 함께 산다는 것은 쉽지 않은 일입니다. 서로가 참아 주고 기다려 줘야 할 일들이 많아집니다. 나의 아들은 아빠란 존재에 대해 분노가 있는 아이기에, 남편은 마음의 기다림이 길었습니다. 어떤 때는 아들이 남편에 대해 유령 취급할 때도 있었습니다. 그럴 때마다 남편은 아무 말 하지 않고 묵묵히 기다려 주고, 아들의 행동과는 상관없는 마음의 토닥임이 있었습니다.

지금은 남편에게 가끔 전화하고 문자로 건강 챙기라고 인사를 건네니, 남편은 그럴 때마다 큰아들 때문에 자신의 기분이 좋아지고 힘이 생긴다며 살맛이 난다고 합니다. 아들은 남편과 내년의 결혼식에 입을 예복이나 이런저런 것들을 상의합니다. 남편의 아들 정우는 처음에 아줌마라고 부르던 호칭에서 지금은 자연스럽게 엄마라 부릅니다. 엄마와의 기억이 없다는 작은아들의 말에 가슴 짠함이 밀려와 아들을 안아주면 스무 살을 훌쩍 넘긴 작은아들은 내 품에 안깁니다. 다 큰 자녀들과 새로운 가정을 만들며 산다는 것은 부모 된 우리도 그리고 자녀들 또한 서로에 대한 희생이 있어야 합니다.

자기들만의 생각을 주장하고 이기적인 마음으로는 새로운 가정 아름다운 가정을 만들기 어렵습니다. 서로의 상처와 아픔은 건드리지 말고 기다려 줘야 합니다. 모난 행동으로 나를 찌르고 아파도 참아 줘야 합니다. 그 시간을 함께 지나면서 서로가 어른이 되어 갑니다. 어른은 나이가 아니고, 마음의 성숙에서 이루어집니다.

# 말보다 기도가 먼저

인생에서 이런저런 경험을 하다 보면, 자기의 생각과 견해가 차곡차곡 쌓여 갑니다. 그런데 누군가가 자기의 생각과 경험에 동의하지 않거나 다른 길을 제시하면, 대화나 소통의 길을 벗어나 자기만의 세계로 들어가기 쉽습니다. 그리고 다른 사람이 들어오지 못하게 마음의 자물쇠를 채웁니다. 자기 안에 암막 커튼을 치고 철저히 마음속 깊은 동굴로 들어가는 것입니다.

작은아들은 고등학교 시절 미용 자격증을 취득했습니다. 군대 제대 후 코로나19로 인하여 미용실도 스텝이나 디자이너 없이 원장 혼자 하는 미용실이 많아져 작은아들은 미용실이 아닌 큰아들 친구의 소개로 회사에 입사했습니다. 2년을 다닌 후 2022년 10월 말에 사직하고 두 달은 아무 생각 안 하고 쉰다고 합니다.

새해가 되면서 아들은 회사가 아닌 컴퓨터 프로그램 개발에 관한 일을 하고 싶다며 공부를 시작했습니다. 남편은 작은아들의 진로에 대해 우려와 걱정을 하고 있었습니다. 3월 어느 주말에 친정어머니와 가족이 모두 모였습니다. 저녁을 먹으며 술 한 잔씩 하면서 남편은 작은아들에게 '지금 하고 있는 공부가 할 만하냐?'며 조심스럽게 묻습니다. 할 만하다고 하는 작은아들에게 남편은 다시 심화 질문을 합니다. '4년이란 시간을 투자하여 프로그램에 관한 공부를 하는 것에 타당성이 있느냐'고. 그 말에 작은아들이 발끈합니다. '왜 내가 하고 싶은 일마다 아빠는 가로막느냐'고 말하고는 자리를 박차고 나가 버립니다.

남편은 얼굴을 들지 못한 채 친정어머니께 죄송하다고 자식을 잘못 키웠다며 머리를 조아립니다. 큰아들은 말없이 제 방으로 들어가 버리고, 그때부터 작은아들은 나와 아빠에게 침묵과 외면으로 관계를 단절합니다. 남편과 큰아들은 주중에 나가 있으니 별 문제가 없지만, 나는 매일 작은아들의 외면으로 마음이 힘들어집니다. 함께 식사하는 것은 고사하고 해놓은 밥도 안 먹습니다. 처음에는 괘씸한 생각이 들었습니

책갈피에서 악을 꺼내는 여자

다. 그동안 내가 낳은 자식한테는 이런 일로 속을 썩어 본 적이 없는데, "이제 와서 내가 왜?" 분노가 일어납니다. 그 마음을 가지고 매일 새벽예배를 나갔습니다. 며칠 후 기도 중에 작은아들을 위해 기도하라는 마음을 주십니다. 나는 새벽예배 가기 전 닫힌 작은아들의 방 문 앞에서 무릎 꿇고 하나님 앞에 기도합니다.

"주님! 이 아들을 불쌍히 여기시고, 아들의 얼어붙은 마음을 녹여 주소서."


그렇게 남편도 자식들도 모르는 눈물의 기도를 매일 이어가는 동안, 나의 마음에 작은아들의 상처와 아픔이 전해져 옵니다. 그리고 2개월이 될 때쯤 남편에게 조심스레 말합니다.

"여보! 당신에게 한 가지 부탁이 있어요."

"말해 봐요."

"한 번만 정우에게 '네 마음 아빠가 몰라줘서 미안하다.' 이 한마디만 해 주세요."

남편이 화를 내며 말합니다.

"당신의 그 말이 지금 말이 된다고 생각해?"

그는 전화를 끊습니다. 그리고 며칠 후 남편에게서 전화가 옵니다.

"이번 한 번만 내 생각 죽이고 당신이 엊그제 한 말 들을게."

그런 남편이 고맙습니다. 여자의 말을 허투루 듣지 않는 그 마음이 고맙습니다.


그날 저녁 작은아들에게서 문자가 옵니다.

"엄마! 죄송해요. 아빠하고 통화했어요."

닫혀 있던 작은아들 방이 2개월 만에 열렸습니다.

작은 기도에 응답하신 하나님, 감사합니다.

사람의 생각과 하나님의 생각이 다르고, 사람의 방법과 하나님의 방법은 다릅니다.

# 오늘도 가족에게 건넬 단어를 고르는 중

작은아들이 닫혀있던 마음을 열고 생활인으로 돌아오니, 이제 숨이 쉬어집니다. 화해와 소통은 상대방을 위한 것이 아니고, 나를 위한 것임을 깨닫게 됩니다. 작은아들은 자신이 원하던 미용 일을 다시 시작합니다. 자신이 좋아하는 일을 하니, 신나고 피곤하지도 않답니다. 이전에 회사 다닐 때는 시계를 보며 퇴근 시간만 기다렸는데, 지금은 시계를 볼 사이도 없이 시간이 어떻게 지나가는지도 모르게 간답니다. 어쩌다 휴일에 집에 있으면, 미용실에서 있었던 일을 미주알고주알 이야기합니다. 어느 날 큰아들이 이야기합니다.

"엄마! 정우는 저렇게 엄마랑 말하고 싶어서 그동안 어떻게 참았대?"

그 말에 나도 웃음이 나옵니다. 웃는 나를 보며 아들이 또 말합니다.

"내가 이상한 건가? 나는 엄마랑 이야기하려면, 별로 할 말이 없던데."

아들에게 미안합니다. 엄마 마음이 힘들까봐 아들은 속으로 속으로만 할 말을 삭히며 살았을 아들의 마음이 읽히니, 쓴물을 마신 듯 아들의 아픔이 내 안으로 스며듭니다.

작은아들과 늘 함께 생활하니, 마음에서 작은 일들로 부딪힘이 일어납니다. 새로운 시작에는 찬찬히 밟아가야 할 과정이 있습니다. 그 과정에서 나 자신과의 싸움이 일어납니다. 작은아들의 행동에서 못마땅함이 커지면, 나는 말이 없어집니다. 나와 작은아들 사이에서 일어나는 일은 남편에게 말하지 않습니다. 힘든 내색도 하지 않습니다. 아들의 행동이 과하다 싶으면 아들에게 이야기합니다.

"아들! 네가 요즘 하는 행동에 엄마가 조금씩 마음이 상하려고 해. 엄마랑 한번은 대화해야 할 것 같은데?"

듣는 아들은 '예'라고 말합니다. 작은아들에게 말하려면 조심해야 합니다. 혹시나 상처가 되지 않을까 내 머리에서 수십 개의 단어를 고르고 고르는 과정을 거칩니다. 그리고 생각합니다.

'이럴 때 예수님이라면 어떻게 하실까?'가 아닙니다.

'정우의 지금 행동이 나의 아들 ○○가 했어도 내가 이렇게 마음이 상할까?'

나는 매일 생각을 뒤집습니다. 그런 나에게 또 다른 하나님의 은혜가 부어집니다.

# 그 꽃도 꽃이에요

향기 없다 하여 꽃이 아닌가.
여름 지나 꽃을 떨궈낸 뒤 잎을 세우는
그 꽃 자신을 떨궈낸 여름을 원망하지 않는다.
사람에게 외면당하고 사그락 밟혀도
그 꽃 사람을 원망하지 않는다.

향기 없는 그 꽃도 꽃이어라.
풀밭에 떨어져 누운 그 꽃.
향기 발하지 않아도 아름다워라.

향기 있다 하여
향기 없는 꽃을 무시하지 마세요.
너도 지는 꽃이고

그 또한 지는 꽃이어라.

늦게 망울져 피는 꽃
늦었다 조바심내지 마세요.
잎사귀에 가린 작디작은 꽃이여
그대도 꽃이에요.

우리 인생이 꽃과 같음을 잊지 마세요.
피우지 못하고 가는 꽃
봄길 서성이다 가는 꽃
그래도 칭찬해요.
바람에 날려 떨어진 그 꽃도 꽃이에요.

# 먼지 쌓인 추억을 털어내다

2019년 4월 봄볕 내리는 날, 엄마를 모시고 오빠와 함께 인천 관동대 국제병원에 다녀온 적이 있습니다. 아들의 동행이 기쁘신 건지, 아니면 자식 둘이 함께해서 좋으신 건지, 어머니의 얼굴은 다른 때보다 밝아 보였습니다. 나 또한 오빠와 오랜만에 함께하는 것이어서, 병원 가는 것만 아니면 여행가는 그런 기분이었습니다. 그러니 어머니는 어떠하셨을까요?

가면서 어릴 적 살던 집 이야기가 나옵니다. 그 이야기는 우리 가족만 아는 이야기가 되지요. 남편도 올케언니도 조카들도 아들들도 모르는 우리들만의 이야기가 됩니다.

내가 어릴 적 살던 집은 동네 끄트머리에 있어서 뒷골이라고 했지요. 집 뒷산에는 아카시아 나무가 무성했습니다. 오월이 되어 안방 뒷문을 열어 놓으면, 아카시아 향기가 방 안으로 들어와 진한 아카시아 향기로 가득 방을 채웁니다. 그래서 지금도 아카시아 꽃이 흐드러지게 핀 풍경을 볼 때면, 봄의 계절이 겨울을 다독이고 품어서 꽃을 피운 것처럼 온통 아카시아 꽃으로 하얗게 뒤덮인 뒷산이 있는, 어릴 적 살던 집이 생각나곤 합니다. 그 봄길에서 오빠에게 내가 말했습니다.

"오빠! 이렇게 함께 어디 가는 것이 참 오래간만이네요. 아버지 소천(2010년 6월)하시고 처음인가 보네. 오빠! 어릴 적 생각하면 그때는 참 힘들고 싫었는데, 지나고 보니 지금은 간직하고픈 추억이 됐더라고요."

"맞아. 그렇지." 오빠가 짤막하게 대답합니다.


생각해 보면, 어릴 적 뛰어 놀던 나와 오빠만의 추억, 부모님과 함께한 나만의 추억, 나와 동생만의 추억이 있을 것이다. 그 추억의 보따리를 서로가 풀어놓으면 얼마나 많은 이야기가 될까?

우리는 하루하루 펼쳐지는 일상 속에서 지난날의 아름다웠던 기억과 추억들이 담겨있는 이야기보따리를 간직하고 살아갑니다. 오늘의 팍팍한 삶 속에서 힘들고 어려웠던 일들과 그 한숨들이 먼지가 되어서 쌓이고 쌓여 이야기보따리가 되는 건 아닐까요.

　오늘 나는 그 이야기보따리에 쌓인 먼지들을 먼지털이개로 툭툭 털어내고자, 추억이라는 이름의 그 이야기들을 꺼내조심히 풀어헤칩니다.

## 오빠는 나에게

　남매라는 인연의 매듭으로, 오빠라는 이름으로, 동생이라는 이름으로, 우리는 그렇게 엮어져 갑니다.

　오빠에게 나는 가슴 아픈 동생이고, 보면 화가 나는 동생이기도 했습니다. 나는 힘들 때마다 생각나고 의지하게 되는 대상이 오빠였습니다. 반면에 오빠에게 나는 오랫동안 내려놓기 힘든 짐이었습니다. 안 보이면 궁금하고, 보이면 화가 나는 동생으로 인해, 오빠는 어머니를 대할 때 늘 심통이 난 복어 얼굴이 되었습니다.

　아들의 아빠가 세상을 등지고 마지막 가는 길에 상복을 입고 실신하듯 울고 있는 동생을 멀찌감치 떨어져 바라보고 있던 나의 오빠. 힘들 때마다 오빠는 나에게 작은 금고였습니다. 춥고 힘든 겨울의 계절을 지나 봄이 오면 꽃등이 하나씩 켜지

듯, 오빠는 나에게 한 방울 한 방울 꽃등을 켤 수 있도록 기름을 부어주었습니다. 그래서 오빠에게 나는 늘 미안합니다.

내가 두 번째 높은 산을 넘어갈 때, 오빠는 거의 20년간 내 얼굴을 제대로 쳐다보질 않았습니다. 어쩌다 만나면 "어떻게 지내냐?" 한마디 묻고는, 대답하는 듯 마는듯한 나에게 한숨 쉬며 뒤돌아서던 오빠였습니다.

어머니에게 '우리 집에 조선시대 열녀가 났다'고 말한 오빠의 뼈아픈 소리는 가뜩이나 큰딸로 인해 매일 속앓이를 하는 어머니에게 비수가 되어 어머니의 가슴에 꽂힙니다. 한 가정에 외아들로 살아간다는 것은 외롭고 고단한 길을 간다는 것을 오빠를 보면서 알았습니다. 그래서 오빠 인생에 동반자가 되는 올케언니도 힘든 길을 오빠와 함께 가야만 했습니다.

때로는 오빠 안의 아물지 않은 상처로 인해 어머니에게 볼멘소리를 하면서도, 모든 가정에 대소사를 챙기며 짊어지고 가는 오빠의 처진 어깨가 보입니다. 그리고 반백이 되어 버린 오빠의 모습이 이제야 눈에 들어옵니다.

오빠의 처진 어깨에는 외아들로서 감당해야 하는 삶의 짐과 나의 짐도 있었습니다. 반백의 머리털 속에서 몇 가닥은 아마 나로 인하여 가슴을 졸인 고달픈 흔적이었음을 봅니다.

이혼했다는 나의 말에 잠시 침묵한 뒤 '고생이 많았다'고 한 오빠의 짧은 말 속엔 나로 향한 깊은 마음이 오롯이 담겨 있었습니다.

30년이 지나서 오빠와 편안한 마음으로 마주 섰을 때, 며칠 동안 내 가슴을 뛰게 만든 한마디가 있습니다. "고맙다."
그리고 지금의 남편에게도 같은 말을 합니다.
"고맙네."

제5부

# 통증을 지나 소통으로

# 나는 예수쟁이가 싫었다

나는 교회도 싫고, 교회 다니는 사람들도 참으로 싫어했던 사람입니다.

그러던 22살 가을입니다. 나는 한밤중에 갑자기 호흡곤란이 오면서 정신을 잃고 병원 응급실로 실려 갔습니다. 부모님들은 연락받고 사색이 되셔서 오셨고, 다 키워놓은 딸이 산소 호흡기를 하고 누워있는 모습에 어찌할 바를 몰라 하셨습니다. 의사는 새벽 세 시를 넘기지 못할 것 같으니, 준비하라고 했다 합니다. 부모님은 더 큰 병원으로 옮기려고 하던 참에 유일하게 교회를 다니신 막내 이모가 어머니께 말씀하시더랍니다.

"언니! 성경이는 어차피 이래도 죽고 저래도 죽는다잖아. 이렇게 병원에 두지 말고, 우리 교회 목사님께 기도 한 번만 받아 보자. 그런 뒤에 큰 병원으로 옮기자."

몇십 년을 이모가 전도를 했으나 꿈쩍도 안 하던 어머니이 셨습니다. 내가 초등학교 시절 나의 부모님은 남묘호랑개교 라는 종교를 믿었습니다. 새벽이면 부모님은 나란히 벽 쪽을 향하여 무릎을 꿇고 앉아 까만색 수첩 같은 경전을 펴고 읽었 습니다. 매일 새벽 부모님께서 독경하시는 걸 들은 나도 저절 로 듣고 외우게 되어 혼자서 중얼거리며 다녔습니다. 그렇게 다른 종교에 심취되어 열심인 우리 부모님을 전도하는 것은 쉽지 않은 일이었습니다.

부모님은 지푸라기라도 잡는 심정으로 병원에서 데리고 나와, 이모네 집으로 나를 데리고 갔습니다. 그곳에 여러 명 의 사람이 있었던 것으로 기억됩니다. 목사님께서 안수기도 를 하시는데, 내 입에서 온갖 저주의 말들이 목사님을 향해 이를 갈며 쏟아져 나왔습니다. 이 모습을 본 그들은 내가 악 한 영에 사로잡혔다고 말했습니다.

목사님의 권유로 부모님은 나를 교회 사택에 맡기게 되었 고, 나는 교회에서 살게 되었습니다. 한동안은 걸을 수도 없 게 되어, 새벽예배를 비롯한 모든 예배 시간에 목사님의 등에 업혀 강대상 바로 앞에 앉아 예배를 드렸습니다.

이 사건으로 우리 가족은 하나님 앞에서 완악했던 마음을 돌이키게 되었습니다. 20일쯤 되어 조금씩 다리에 힘이 들어가서 걷게 되었고, 밥도 먹을 수 있게 되었습니다. 2개월 남짓 사택에서 생활하며 사모님을 따라 한얼산기도원을 가게 되었습니다. 사람들이 인산인해를 이루고 있었는데, 처음 보는 그 광경들이 내 눈에는 마치 이상한 광신도나 사이비 집단으로 보였습니다.

그곳에서 집회라는 말도 금식이라는 단어도 처음 알게 되었습니다. 집회가 시작된 지 이틀이 지난 저녁 집회 시간에, 나는 나의 의지와는 상관없는 힘에 이끌려 하늘나라 말(방언)을 하게 되고, 교회를 저주하고 사람들을 저주했던 나의 입술이 하나님을 찬양하고 기도하는 입술로 바뀌었습니다.

그 후 나는 하나님께 감사하는 생활을 이어 갔습니다.

책갈피에서 악을 꺼내는 여자

# 관계와 소통에도 P.R.N.D가 필요합니다

이른 새벽에 눈을 떴는데, 문득 내 안에 하나의 생각이 들어옵니다.

우리는 사람을 만나고 관계를 이어가며 서로를 알아가고 소통하는 단계에서 변속기가 필요하겠구나 하는 생각이.

다른 사람의 말을 들을 땐 드라이브(Drive)에 놓고 액셀러레이터를 밟아 속도를 높여 다른 사람의 말을 빠르게 들으며, 내가 말할 때는 천천히 내 마음을 들여다보며 속도를 줄여 말할 수 있어야 합니다. 다른 사람이 나에게 쓴 소리를 하면 후진(Reverse)에 놓고 나를 들여다보면서 입장 바꿔 한번 생각해봐야 합니다. 여러 사람이 모인 자리에서 서로 자기 말이 옳다고 주장하면, 기어를 중립(Neutral)에 놓고 잠시 기다릴 줄 알아야 하겠습니다. 바쁘게 앞만 보며 달려왔다면, 잠시 주차(Parking)에 놓고 정차해서 쉬는 것이 필요합니다.

**Drive (주행):** 말하고 듣는 데 있어서의 주행 속도 조절하기

12년 전쯤 교회에서 나는 사모님께 우리 가정의 가족관계를 이야기하면서 기도 부탁을 했습니다. 두 번째 사람으로 인하여 아들이 힘들어하는 것을 엄마인 나로서는 견디기 힘든 아픔이었기에, 사모님이라면 나의 고민과 아픔을 공유해도 괜찮을 것이라고 생각했습니다. 그리고 1년쯤 지났을까요? 누군가가 내게 말했습니다.

"○○ 집사님이 새아빠라면서요? ×× 집사님이 그러더라고요."

그 말을 듣는 순간 내 마음이 무너지기 시작했습니다. 우리 가정에 대해 내 입으로 말한 사람은 한 사람밖에 없었으니까요. 믿음이 깨져 버렸습니다. 나 자신이 비참하기까지 했습니다. 의도적이든 그렇지 않든 약속은 지켜야 하고, 들었다 해도 남의 아픔을 소문내는 나팔수는 되지는 말아야 합니다.

**Reverse(후진):** 단맛이 나는 말도, 쓴맛이 나는 말도 되돌아보기

교회에서 나는 단맛을 내는 과한 칭찬이 독이 된다는 것을 알았습니다. 목사님을 위한다는 것이 때로는 다른 사람의 상처를 들여다보지 못하게 하는 눈가리개 역할을 할 수도 있고,

하나님에 대한 충성이 아닌 목사님에 대한 충성이 됨을 보게 됩니다.

어떤 사람이 교회 지도자들이나 중직들에 대해 불만이 있다면, 무조건적 배척이 아닌 내 안에도 저런 모습이 있지 않을까? 나 자신을 되돌아보고, 처지를 바꿔 생각하여 보는 것이 필요하다고 생각합니다.

**Neutral(중립):** 사람의 관계에서 중립 지키기

나는 교회에서 목사 편, 장로 편, 서로 편 가르기 하며 싸우는 것을 보았습니다. 주일이 되면 감사와 기쁨은 없고, 교회를 가야 하나 말아야 하나 갈등하는 것이 주일 아침의 고민이었던 적이 있었습니다. 장로 편에 있는 사람들도 교회는 옵니다. 성가대 앞에서 들으면 장로 편에 있는 사람들이 자기들끼리 주고받는 말이 들립니다.

"오늘은 무슨 헛소리 하나 들어나 보자고."

듣는 나는 생각했습니다. 주일에 교회 와서 앉아 있는 것이 진정한 예배일까? 그냥 집에 있는 것이 더 나은 게 아닐까? 어느 편이 아닌 하나님만 바라보고 가는 것이 진정 중립의 사람이 된다는 것을 알게 되었습니다.

**Parking(주차): 내가 쉬면 함께 달려온 자동차도 쉽니다**

내게는 하나님이 유일한 친구였고, 부모형제였던 적이 있습니다. 물론 지금도 마찬가지입니다.

나는 특별한 이유가 있었기에, 교회에 출석한 것이었습니다. 그런데 내가 만난 하나님을 이야기하고 내게 역사하신 하나님의 은혜를 이야기하면, 나는 이상한 사람이 됩니다. 나는 교회 안에서 이방인이 됩니다. 교회도 사람이 모인 곳입니다.

때때로 관계에서 마음의 상처를 입거나 지침이 올 때가 있습니다. 그럴 땐 잠시 쉼터에서 달리던 자동차를 멈추고 쉬는 것도 괜찮습니다. 하지만 쉰다는 것은 앞으로 다시 달리기 위해 쉬는 것입니다. 쉼터나 휴게소에서 영원히 쉬는 일은 없습니다.

이혼과 동시에 나는 교회 안에서가 아닌, 교회 밖에서 기도하고 하나님 앞에서 울었습니다. 그때 받은 하나님의 크신 사랑과 은혜를 결코 잊지 못할 것입니다.

# 나를 응원해 주는 한 사람만 있어도

교회 안에서조차 자신들과 다르다 싶으면 외면하고 돌아서는 시간을 견뎌야 했습니다. 그 가운데서도 지금까지 20년 가까이 나를 응원해 준, 고마운 두 사람이 있습니다. 가족들보다 더 많이 나를 이해해 주고 나와 고통을 함께 나눈 고마운 사람들.

그 두 분의 집사님이 있었기에, 교회 안에서 이방인과 같았던 내가 버틸 수 있는 힘이 되었습니다. 부족하면 부족한 대로 받아 주고, 자기들과 달라도 다름을 인정해 주고 나와 동행해 준 믿음의 친구들. 그 친구들에게 이 자리를 빌려 깊은 감사와 사랑을 전합니다.

두 분의 집사님과 나는 서로에게 부족한 모습들이 보여도 지적을 하거나 뒷담화를 하지 않았습니다. 허물은 덮고 행복하게 갈 수 있는 길을 함께 찾고 기도하는 것을 배웠습니다. 자기들의 마음이 힘들면, 위로가 될 수 있는 따뜻함을 찾기 위해 한없이 부족한 나를 찾았습니다. 그들과 함께 울며 하나님의 마음을 알기를 원하며 함께 기도하며 이 시간까지 왔습니다.

지금은 위로가 필요한 사람들이 나를 찾아와 힘을 얻고 갑니다. 나는 심리학을 전공하지도 않았고, 학력도 없는 사람입니다. 제도권에서의 학위는 없지만, 하나님은 나를 고난 전공자로 세워주셨습니다. 그 고난을 통과할 때마다 하늘의 지혜를 더하여 주셨습니다. 하나님께서 고난을 통하여 성숙하게 하시고 아픈 이들을 돌아볼 수 있는 눈과 마음을 주셨습니다.

내가 누구보다 더러운 죄 구덩이에 빠져 있던 나를 구하신 예수 그리스도로 말미암아 건진 바 되고 내가 죄인 중의 죄인이었기에, 누구를 판단하거나 정죄할 수 없습니다. 다른 사람의 잘못을 보기 전에 나를 먼저 보게 하시고, 다른 사람을 용서하지 못하면 나를 용서하신 하나님의 사랑을 생각하게 하십니다.

어리석은 나에게 하나님께서는 지혜를 주셨고, 세상에서는 소망이 없었던 나에게 하나님은 나의 유일한 소망이 되어 주셨습니다. 어두운 터널을 지나올 때 손잡아 주시고, 빛으로 인도해 주셨습니다. 지금 나의 곁엔 나를 응원해 주는 사람들이 조금 더 많아졌습니다.

한 걸음도 뗄 수 없을 것 같은 광풍의 터널을 지날 때에도, 하나님은 폭풍의 눈 속에서 잠잠히 나를 보호해 주셨습니다. 내가 머뭇거리거나 멈추어 있을 땐, 하나님이 등 뒤에서 나를 밀어주셨습니다.

내가 힘들고 지쳐있을 때 많은 사람이 아닌, 한 사람만 곁에 있어도 버틸 수 있습니다. 지금 어딘가에 내가 붙잡아 주길 바라는 연약한 손이 있습니다. 나는 그들에게 나오라고 말하는 대신에 가까이 다가가 손을 잡고 함께 일어나길 바라며, 오늘 하루를 살아갑니다.

# 내 안의 암막커튼을 거두세요

새벽 예배 시간에 하나님께선 목사님의 설교를 통해 말씀하십니다.

"어둠인 나는 빛을 받아 들여야 합니다. 빛은 예수님입니다."

그 말씀을 듣는 순간, 내 안에서 어떠한 깨달음이 오면서 가슴이 마구 뛰었습니다. 내 경험, 내 생각, 내 지식, 나의 의…. 이러한 것들이 주님의 빛을 내 안에 들이는 데 암막 커튼이 되어 차단했다는 것을 알아차리게 되었습니다.

작은아들이 전에 3교대 근무를 해서 낮에 잠을 잘 수 있도록 암막 블라인드를 달아 주었습니다. 그런데 낮이고 밤이고 블라인드를 걷어 올릴 생각을 하지 않습니다.

어느 날 낮 시간에 아들 방에 들어가 보니, 블라인드는 내려놓고 전등을 환하게 켜놓고 있는 것을 보았습니다.

"아들! 블라인드 올리면 환하잖아. 그럼 굳이 불을 켜지 않아도 되고."

　아들은 그냥 웃습니다. 생각을 못 하는 것이지요. '귀차니즘'의 반복이 습관으로 된 것은 아닐까 싶었습니다.

　인생을 살아가는 동안 우리는 많은 부대낌을 경험하며 살아갑니다. 때로는 심한 마음의 부대낌으로 인해 생긴 상처가 다른 사람을 내 맘에 용납할 수 없는 암막 커튼으로 작용할 수도 있습니다. 거듭된 실패가 두려움으로 자리해서, 시도조차도 못하는 두려움의 커튼을 내 안에 스스로 치는 결과를 가져옵니다.

　지난날의 나 역시 사람들의 눈과 입이 두려워 많은 시간을 나 자신을 가두고 살았던 적이 있었습니다. 출입문도 비상구도 없는 공간에서 숨조차 쉴 수 없을 때, 하나님은 나에게 나아갈 수 있는 문이 되어 주셨습니다. 또한 기도가 호흡이 되고, 찬양이 나의 영혼을 춤추게 했습니다. 그것이 힘이 되어 오랜 시간 내 삶속에 드리워져 있던 암막커튼을 거두게 했습니다. 커튼을 치고 어둠의 동굴로 걸어 들어간 것은 결국 나 자신임을 깨닫게 되었습니다.

　하나님을 향해 시선을 두고 그분을 바라보며 반응했기에, 내가 어둠의 암막 커튼을 치우고 빛이신 주님께 나올 수 있었습니다. 그리하였기에 비록 내가 부족하고 나약한 사람이지만, 힘들고 지친 사람들에게 손을 내밀어 주고 그들이 빛으로 나올 수 있도록 돕는 통로가 되기를 소망하며, 오늘을 살아갑니다.

# 잃어버린 나, 다시 찾은 나

내가 태어나고 자랐던 마을에서 조금 떨어진 곳에 저수지가 있습니다. 얼마 전 오래간만에 새벽에 저수지를 가 보니 둘레길을 해 놓아 편안하게 자연을 벗 삼아 산책을 할 수 있도록 조성해 놓았습니다. 천천히 저수지를 한 바퀴 돌며 주위를 돌아보니 어릴 적 생각이 났습니다.

다섯 살쯤으로 기억이 됩니다. 그때의 나를 생각하면 나는 흥이 꽤 있었습니다. 사월 초파일이 되면 동네 사람들 모두가 동네에서 약간 떨어진 저수지로 놀러 갈 때, 동네 어르신들이 나를 번쩍 안아 데리고 갑니다. 엄마 아버지는 늘 농사일과 누에치는 일로 바쁘셨습니다. 나는 부모님이 그 자리에 안 계셔도 기죽지 않고, 동네 아주머니가 장구를 치면 신명 난 장구 장단에 맞추어 신바람이 나서 장구 앞에서 해 질 녘까지 춤추며 놀았습니다.

　작고 동글한 아이가 춤을 추면 동네 어르신들이 박장대소하며 좋아하셨습니다. 그러면 나는 더 신바람이 나서 춤을 추었고, 그렇게 내가 땀을 뻘뻘 흘리며 춤을 추면 누군가가 작은 수건을 물에 적시어 머리에 얹어 줍니다. 그러면 그 수건을 얹은 채로 더 신명 나게 춤을 추었습니다. 그렇게 종일 어른들과 함께 먹고 춤추며 놀았습니다. 나는 춤추기 좋아했고, 노래를 좋아하는 아이었습니다.


　남편을 만나 어릴 적 춤추기 좋아하고 노래하기를 좋아했던 나의 모습을 찾았습니다. 어둡고 칙칙한 나의 모습이 밝아지고 남의 눈치만 보고 늘 움츠려져 있던 어깨와 가슴이 펴지고 당당해진 나의 모습을 보게 됩니다. 교회에서조차 인정받고 싶은 마음과 생각으로 봉사라는 이름에 나를 포장하고 몸이 힘들어도 내색조차 못 하고 남의 시선에 옭아매었던 나 자신을 자유로움으로 마주하게 되었습니다.

　내 소중함과 가치는 하나님의 말씀과 예배에서 정립이 됩니다. 또한 내 주변에서 나를 응원해 주고 지지해 주는 단 한 사람만 있어도 인생이 달라질 수 있음을 알게 됩니다. 어둠과 고통의 시간이 또 다른 나를 만들고, 그 모습이 진짜 나의 모습으로 착각하게 합니다. 그러나 하나님이 나를 이 세상에 태어나게 하신 이유와 목적을 알 때, 나 자신의 진짜 모습을 보게 되고, 내가 사랑받고 있는 존재임을 알게 됩니다.

# 어머니와 여행을 시작한 날

2010년 아버지께서 소천하신 후 나는 어머니와 단둘이 함께하는 여행을 시작했습니다. 운전하지 않겠다고 마음을 먹었지만, 아버지께서 병원에 계시는 동안 버스를 타고 오며 가며 하는 일들이 여간 성가신 일이 아니었습니다. 어머니께 운전을 배워야겠다고 말하니, 어머니께서 망설임 없이 자동차 학원비를 덥석 주시겠다고 말씀하십니다. 그 말씀에 힘을 얻어 학원에 다녀 자동차 1종 면허증을 취득했습니다.

어머니와 처음으로 단둘이 한 여행은 풍기 온천 리조트에서 1박을 하며 온천욕을 하는 것이었습니다. 어머니는 당신이 이런 날이 올 줄 몰랐다 하시며 참으로 좋아하셨습니다. 나는 휴무인 날이 되면, 어머니와 여행을 다녔습니다. 조금이라도 다리에 힘이 있을 때 모시고 다니자 하는 작은 나의 마음에서 시작된 것입니다.

어머니와 여행한 곳 중 담양 죽녹원과 소쇄원을 함께 걸으며, 우리 모녀는 가족이지만 타인이었음을 알게 되었습니다. 어머니와의 여행을 통하여 어머니도 여자였음을 알게 되었습니다. 어머니도 다른 사람이 좋다고 하는 것, 가 보고 싶었던 곳, 아름다운 곳, 좋은 것과 예쁜 것을 가까이하고 싶은 마음이 있는 여자였습니다. 어머니와의 여행은 비록 모녀지간이지만, 서로의 색깔이 다른 여자들의 외출입니다.

어머니와의 여행 중에서 기억에 남는 두 사람이 있습니다. 바로 식당을 운영하시는 분들입니다.

풍기를 넘어가면 소백산의 허리 죽령고개에 있는 죽령주막이라는 곳이 있습니다. 그곳에서 식사하기 위해 들어갔더니, 물을 가져다주며 사장님이 묻습니다.

"친정어머니이신가 봐요?"

그렇다고 말하니 눈에 눈물이 가득 고인 채 말을 합니다.

"내 친정어머니 보는 것 같아요. 우리 어머니는 치매를 앓다 돌아가셨는데, 우리 형제들이 어머니 생신을 맞아 놀러 간 적이 있었거든요. 어머니는 좋은 곳을 가셔도 좋은 것을 아시나, 맛있는 음식 앞에서도 표정 없는 어머니를 보니 가슴 아프더라고요. 그렇게 나는 어머니를 보냈어요. 에구, 내가 주책이네 이렇게. 연세 드신 분들 보면, 자꾸 어머니 생각이 나서요."

여사장님은 눈물을 훔치며 주문한 메뉴를 들고 돌아섭니다. 우리에게 어머니는 아픔이면서 영원한 그리움인 듯합니다.

또 한 분은 5월에 정선 오일장에 어머니랑 다녀오면서 곤드레 밥집을 들렀을 때 만난 여주인입니다. 이 여자 사장님 또한 똑같은 말씀을 하십니다. 그러면서 가시다가 어머니 목마를 때 마시라며 얼린 고로쇠 물을 한 통 주십니다. 어머니와의 여행은 다른 분들에게는 친정어머니와의 아련한 추억을 선물합니다.


어머니와 동해 바다열차를 타고 바다를 보며 어머니는 아이와 같이 좋아하셨습니다. 2023년 1월 어머니 생신 때는 목포 한옥호텔 영산재에서 3박 4일을 머물다 왔습니다. 이때가 아니면 언제 어머니와 함께 케이블카를 타 볼까 싶어 유달산에 있는 해상 케이블카도 탔습니다. 또한 함평에 들러 해수탕에서 뜨거운 찜질을 하고 왔습니다.

어머니는 요즘 걷는 데 무척 힘겨워하십니다. 그런 중에도 1995년부터 조금씩 성경 필사를 시작한 것이 2023년까지 성경 필사 여덟 번째 중 지금 구약성서의 에스더를 쓰시는 중입니다. 어머니는 이렇게 말씀하십니다.

"내가 성경을 쓰면서 받침이 있는 한글을 알게 되고, 글씨체가 점점 나아지는 걸 느껴. 그래서 지금까지 나를 인도하신 하나님께 감사해."

요즘 거동이 매우 불편하신 어머니를 뵐 때마다, 함께 여행을 더하지 못한 아쉬움이 무척 큽니다.

# 신호등

4월 어느 날 친정어머니 모시고 병원에 다녀오는 길이었습니다. 사거리에서 빨간 신호등에 걸려 신호대기를 하고 있는 중에 어머니께서 물으십니다.

"왜 안 가? 저쪽에 있는 차들은 가는데."

"엄마, 저 쪽에 있는 차들은 지금 가라고 파란 신호등이고, 여기는 멈추라고 빨간 신호등이잖아."

그러면서 문득 생각이 나는 것이 있어 어머니께 이어서 말했습니다.

"엄마! 인생에도 신호등이 있는 것 같아요. 우리 인생에 신호등이 필요 없는 고속도로만 있는 건 아니잖아요. 고속도로를 달리다 우리는 신호등 있는 국도로도 갈 수 있지요. 우리는 고속도로를 달리듯, 신호등이 있는 도로를 달리면 돼요.

책갈피에서 약을 꺼내는 여자

이쪽저쪽을 살피고 신호등도 확인하고 달려야 되는데, 엄마
는 계속 신호등도 안 보고 달려온 것은 아닐까?"

피곤하고 힘들면 쉬어갈 수도 있었을 텐데, 파란 신호등으
로 넘어가기 전 주황색 신호등도 들어왔을 텐데, 저희 어머니
는 미처 못 보고 쉴 틈 없이 앞만 보고 달려오지 않았을까 싶
습니다. 그래서 병이 났고, 지금처럼 아프신 것입니다.

"엄마, 신호등 무시하고 가면 큰 사고 나요. 엄마의 마음과
몸도 쉬지 않고 달려만 왔으니, 몸도 사고 난거지. 엄마! 그러
니 지금이라도 우리 신호등 보자."

가슴이 아파 엄마의 손을 가만히 잡게 됩니다. 이 작은 손
으로 어떻게 그 고된 인생 헤치고 살아오셨을까를 생각하니,
눈물이 납니다.

엄마가 말씀하십니다.

"성경아, 너는 엄마 천국 가는 날 울지 마라. 다른 사람은
다 울어도 너는 울지 마. 너는 엄마한테 최선을 다했어."

# 어머니 고쟁이와 떡살

어머니는 속고쟁이 밑단을 짧게 잘라버리고, 그곳을 얇은 코바늘로 레이스 모양으로 예쁘게 뜨십니다.

"엄마, 굳이 힘들게 왜 그렇게 하셔? 그냥 꿰매면 되지 누가 본다고!"

내가 이렇게 말하니, 어머니는 말씀하십니다.

"금방 먹을 떡도 떡살 박아 만들어 먹으라 했어. 아무리 속옷이라 해도 이렇게 하면 보기 좋고 예쁘잖아."

어머니한테서 오늘 또 한 가지의 지혜를 배웁니다.


맞아요. 어느 것 하나도 우리는 허투루 하면 안 되지요. 말도 금방 내뱉지 말고 한번 마음에서 조물락 조물락 만지고 펴서 떡살 박듯 예쁘게 다듬어서 건네야 합니다.

말에서 그 사람이 보입니다. 저는 언제부턴가 말이란 것에 대해 많은 생각을 하게 됐습니다. 말을 통해 상처를 많이 받아서 그런가 봅니다.

보이지 않는 상대의 마음이 그 사람의 말에서 보일 때가 있습니다.

'이야기 밥상' 교실을 인도하는 봉은희 작가님이 '글이란 집을 짓는 것과 같다'고 하신 말씀을 깊이 마음에 새기게 됩니다. 어쩌면 내 마음의 집에 세간살이가 무엇으로 채워졌느냐에 따라, 그것이 나의 인격으로 나타나고 내 삶이 결정되는 게 아닐까 생각해 봅니다.

미움, 원망, 분노 등의 세간살이를 마음에 들였다면, 그것이 말이 되어 다른 사람을 힘들게 할 것입니다. 버리는 게 어렵다면, 그걸 바꾸는 건 어떤가요. 미움의 자리엔 사랑이라는 떡살을 박고, 원망에는 이해라는 떡살을, 분노에는 용서라는 떡살을 박아, 예쁜 말이라는 쟁반에 담아서 대접함이 진정 나 자신을 대접하는 것입니다.

# 다른 자식

5월 어느 날 교회 권사님의 아들 결혼식에 다녀왔습니다.

문득 그런 생각이 들었습니다. 탄생에도 여러 가지가 있겠구나. 어머니의 배 속에서 열 달이라는 시간을 채우고 태어나는 물리적 시간이 있는가 하면, 또 다른 모양의 탄생도 있습니다. 죽을 고비를 넘긴 사람을 보면, 사람들은 흔히 이렇게 말합니다.

"어이구! 하늘이 살렸네, 다시 태어났으니 잘 사셔야 합니다."

어쩌면 결혼이라는 이름으로 내 아들의 결혼은 또 다른 딸을 낳고, 딸의 결혼은 또 다른 아들을 낳는 것입니다. 결혼 준비를 하면서 티격태격 갈등의 고비를 넘기는 것이 입덧이고, 시간이 지나면 결혼식을 통하여 새로운 가족을 낳습니다. 며느리라는 자식을, 또 사위라는 자식을.

살다 보면 며느리나 사위가 걱정될 때가 있습니다. 물론 아픔이 될 때나 미움이 될 때도 있겠지요. 그럴 땐 이렇게 생각해 보자고요. 며느리가 며느리란 도리와 무엇을 해서가 아니라, 또 다른 나의 딸자식이라는 그 존재에 감사하기로. 또한 자식이 반드시 자식 된 도리를 해서 자식이 아니라, 그 존재가 자식이므로 자식인 것입니다.

그리고 자식들은 부모님께 부모로서 좀 부족하고 힘들게 하셔도 부모님을 부모님의 존재로서 이해하고 사랑하고 공경하면, 가정마다 훈풍이 불어 아름다운 행복의 꽃을 피울 수 있습니다. 요즘 사람들 가운데는 존재의 소중함보다 그가 지닌 능력이나 배경에 가치 기준을 두는 경우를 종종 봅니다.

나는 오늘 각자의 존재에 감사하는 마음의 난로를 들입니다. 그리고 그 따뜻함의 온도가 다른 이의 시린 가슴과 아픔을 보듬고 안아서 녹여 주는, 따뜻한 가슴을 지닌 사람이 되기를 소망합니다.

# 마음 품질관리

우리는 초등학교 시절에 방학이 되면, 생활계획표를 만든 적이 있습니다. 가장 먼저 시간을 배분해야 합니다. 배분된 시간에 일어나기, 아침 먹고 놀기, 숙제하기 등. 낱말을 쓰고 그림을 그려 넣기도 하지요. 이처럼 우리의 마음도 배분을 어떻게 하느냐에 따라, 삶이 달라질 수도 있겠구나 생각합니다. 생각의 공작소에서 디자인된 생각이 말과 행동으로 나옵니다.

공장에서 제품이 출시되기 전 마지막 공정에서 반드시 거치는 단계가 품질관리(quality control)입니다.

마찬가지로 우리도 자기 마음을 세밀한 현미경으로 들여다보며 꼬인 매듭이 없을까? 숨은 바늘이 있지 않을까? 마음의 관리를 통해 찾아내고 골라서 말의 정품, 행동의 정품이 나와야 합니다.

매일 내 안에서 생산되고 있는 감정들은 마음에서 배분한 대로, 말이 나오고 몸이 움직입니다. 내일이라는 희망의 시간에 좌절의 잠에서 깨어나기, 책과 기도(명상)를 통하여 마음의 근육 만들기, 영혼의 식사인 성경말씀 읽기, 나 자신과 놀기 등 마음의 도화지에 무엇을 어떻게 배분할 것인지는 다른 사람이 아닌 내가 해야 합니다.

　오늘을 살아갈 때 계획 없는 마음의 분주함은 소제하지 않은 방과 같습니다. 필시 나중에는 방이 창고가 될 수도 있습니다.

　생활계획표를 만들 듯, 오늘 나는 마음 계획표를 만듭니다. 다른 사람의 시간에 맞춰 사는 것이 아닌, 내가 오늘이라는 시간의 주인공으로 사는 것입니다. 어디 인생이 계획대로 살아지더냐 말들을 하지만, 마음을 먹는다는 것은 연습이고 훈련입니다.

　오늘이라는 인생의 무대에서 주인공으로 선 나에게 응원을 보냅니다.

# 사랑이었습니다

　현충일에 새벽기도를 마치고 교회 권사님과 집으로 돌아오는 길입니다.

　"오늘도 어머니한테 가?" 권사님이 물으십니다.

　"모르겠어요. 오늘 현충일이라 아버지께 다녀와야 해서. 이천 호국원에 계시거든요."

　"그래. 우리 친정아버지도 거기 계시는데. 그럼 우리 남편이랑 해서 바람도 쐴 겸 함께 갈까?"

　이런 인연도 있네요. 딸들은 한 교회에 출석하고, 친정아버지들은 한 호국원에 계시다니. 좋은 만남으로 동행함이 감사함이 되어 가슴으로 퍼집니다.


　차 안에서 기분 좋은 대화가 오가며 당연히 아버지들 이야기로 이어지면서 저는 묻습니다.

"권사님! 저는 나이를 먹고 시간이 갈수록 아버지께 가면, 왜 점점 눈물이 많아질까요?"

"나는 눈물이 안 나는데…." 권사님은 말합니다.

"저는 아버지 살아생전에 불효한 것이 너무 많아서 그런가 봐요."

이렇게 말하고 나니, 내 가슴은 더욱 더 먹먹해집니다.


친정아버지 생전에 좋은 모습 잘 사는 모습 한번 보여 드리지 못하고 아버지를 보내 드렸습니다. 중환자실에서 아버지의 얼굴을 감싸고 '아버지, 여기서 며칠 계시다가 나랑 집에 가자.' 나의 말에 아버지는 고개를 두어 번 저으시던 모습이 지금도 눈에 선합니다. 아버지는 그날 천국에 가신다는 것을 아셨을까요? 그래서 고개를 좌우로 흔드신 걸까요? 자식들에게 가난의 대물림을 하지 않으려고 당신에게조차 돈에 인색하셨던 아버지. 그때는 몰랐습니다. 자라지 못한 마음에 아버지가 싫었고, 미웠고, 무서웠습니다.

아버지께서 지나가신 그 시간의 자리에 내가 서보니, 아버지는 아버지가 처한 환경과 아버지의 방법대로 우리에게 사랑을 주셨다는 걸 알겠습니다. 마음의 사랑이 달다 못해 목이

타들어 가는 것 같은 그 사랑을 표현하실 줄 몰라, 어설피 보여 주시고 가셨음을 이제는 알겠습니다. 아버지!

# 마음에 깊은 주머니를 다는 사람

주머니가 얇아 그곳에 넣은 물건이 빠져나가 잃어버린 경험이 있습니다. 어디서 빠졌을까? 왔던 길을 되돌아가며 찾을 때 어딘가에 떨어진 것을 찾으면 안도의 큰 숨을 쉽니다. 반면에 찾지 못하고 돌아오는 길엔 무척 속상합니다.

나는 오늘 말과 행동을 담아 놓는 생각과 마음의 주머니를 깊이 달아 놓기 위해, 성경이라는 반짇고리와 기도의 바늘로 생각과 마음에 크고 깊은 주머니를 답니다. 주머니가 얇아 다른 사람의 말이나 행동으로 흔들려 마음에 담겨진 것들이 쏟아지지 않도록, 깊은 마음의 주머니를 달아 내가 다른 사람을 대할 때 천천히 생각하고 골라내어 말하고 행동하기로 합니다.

오늘 나는 사랑·기쁨·감사를 마음에 쓰고 접어서, 깊은 주머니를 달아서 그 안에 넣어놓습니다.

글을 쓰는 동안 마음의 열병을 여러 번 앓았습니다. 계절 중에 봄과 여름을 보내고 가을이라는 방 가운데에 나는 서 있습니다. 글을 쓰다가 마음이 요동하고 복받쳐 오르면, 새벽 한 시가 되건 두 시가 되건 나는 만두(반려견)를 데리고 밖으로 나갔습니다. 그리고 아무도 없는 이른 새벽에 공원에 나가 크게 찬양하고 기도하는 일들이 많았습니다. 그것이 내 글쓰기에서 오는 열병을 치료하는 해열제가 되었습니다.

글을 써 내려가면서 숨어 있던 나의 상처들이 드러나고, 마음의 치유가 일어나는 것을 느낄 수 있었습니다. 그리고 내 안의 오래 묵은 체증이 조금씩 내려가는 글 소화제가 되었습니다.

이 글을 쓰면서 작은 소망이 생겼습니다. 힘들고 지쳐 일어날 힘조차 없는 사람이 이 글을 통해 단 한사람이라도 힘을 얻어 일어날 수 있기를 기도합니다. 웅덩이에 빠지고 절벽 아래서 오래 떨고 있었던 나, 그런 나를 푸른 초장으로 쉴 만한 물가로 인도해 주신 하나님의 회복의 역사가 과거의 나와 같이 지금 어둠속을 걷고 있는 누군가에게 약재료가 되어 준다면 기쁨이겠습니다.

책갈피에서 약을 꺼내는 여자

물론 마지막까지 갈등하고 고민했습니다. 하지만 용기를 내어 조심스레 나의 인생 이야기가 들어 있는 보따리를 풀어 놓았습니다. 지금까지 내 옆에서 용기 주고 힘을 준 가족들에게 감사합니다. 그리고 향후 인생의 그림을 다시 그려 주신 하나님 감사합니다.

**책갈피에서 약을 꺼내는 여자**

ⓒ 강성경, 2023

초판 1쇄 발행 2023년 12월 8일

지은이      강성경
펴낸이      이기봉
편집        좋은땅 편집팀
펴낸곳      도서출판 좋은땅
주소        서울특별시 마포구 양화로12길 26 지월드빌딩 (서교동 395-7)
전화        02)374-8616~7
팩스        02)374-8614
이메일      gworldbook@naver.com
홈페이지    www.g-world.co.kr

ISBN    979-11-388-2557-3 (03810)